KB155373

무향민의 노래

무향민의 노래

■

박기영 시집

한티재

차 례

제3부　붉은 동치미

제1부
무향민의 노래

제무시

길가에
'턱' 하니 전설이 앉아 있다.

각(角)지고, 툭하고 튀어나온 주둥이.
야수파 그림같이
골격만 뭉뚱하게 남겨 놓은 몸통.
전신에 숱한 전투로 생긴
흉터 자국.
아무렇게나 드러내고,
'제무시'가 길가에 우뚝 서 있다.

속리산 너머 용화.
동란 때도 인민군 철수하고 난리 났다는 것 알았다는,
그 골짜기로 처음 억센 평안도 사투리와 함께 '제무시' 끌
고 나타났다는 아버지.
겨우내 아무 산이나 올라가서 나무 자빠뜨리고
후생사업으로 불하된 '제무시'로 피난살이 실어 날랐다.
>

길 없는 산비탈 오를 때마다 시꺼멓게 탄 속내 꽁무니 길게 토해 내며, 대전으로 청주로 불기운 숨겨 둔 나무 실어 나를 때 낯선 객지 잠 고여 주었다는 트럭.

그 전설이 '턱' 하니

늙은 이중섭의 소처럼 길가에 어깨 벌리고 앉아 있다.

그 험한 피난살이 이제는 겁나지 않다는 듯

숱한 세월 이겨 낸 억센 골격 울퉁불퉁 세워 놓고

텅 빈 짐칸에, 사람 눈에 보이지 않는 사연 수북이 실어 놓은 채.

또 다른 세상 새로 펼쳐지면

수없이 갈았던 발통 다시 굴리며 나가겠다고

밭일을 나갈 소처럼

커다란 두 눈 두리번거리며 '제무시'가 길가에 우뚝 서 있다.

---

* 한국전쟁 당시 미군용 트럭 중 일부는 불하되어 민간인들의 후생 사업에 사용되었다. 이 트럭은 제무시, 도라꾸 등으로 불리며 한동안 한반도 남쪽을 돌아다녔으며, 최근까지 강원도 산판 트럭으로 활용되고 있다. '제무시'는 트럭 제조사 GMC(제너럴모터스)에서 비롯된 이름이다.

도강기渡江記 1

그 무렵 추위 대단했디.
한번 몰아치면 며틸씩 살바람으로
강이 얼고,
주먹만 한 눈발이래 산같이 쏟아져
소달구지들 강 위를
그냥 걸어서 다니디 않갔어야.

섣달 한가운데 아니갔어.
남쪽 임진강이래두 별 수 있간.
눈 덮인 강이 허연 배때기 드러내서
피난민들 걸어갈 수 있는데.
강둑에서 모두 발길 딱 멈추는 기야.

키가 장승만 하더구만.
얼굴이래 도깨비처럼 시커먼 놈들이
허연 눈깔 번들거리면
쥐새끼 몰듯 피난민 한쪽으로 몰아
편을 나누더구만.

그때 딱 알아봤디.
저기래 잘못 끌려가면 둑는구나.
기래서 혼자 몰래 빠져나와 따로 건너왔디.

너래 혼자 알고 있으라우.
우리가 와 그렇게 밀려 내려왔간.
빨갱이가 겁나서?
누가 그래. 그것이래 거짓부랭이야.
갸들 세상 벌써 오 년 이상 살아왔는데
무엇이래 무섭갔어.

갸들 무서워하던 놈들
난리 나기 전에 몽땅 남쪽으로 튀었디.
왜놈 끄나풀 하던 놈들
소작인들 딸래미 건드리던 놈들
해방되어 세상 바뀌자 몽땅 남쪽으로 튀었어.

죄 없는 우리야

다시 갸들 세상 되어도 겁날 것이 없디.
고런데 양코배기 아새끼들
도망가면서 요상한 소문 돈 기야.
원자폭탄이래 떨어뜨린다 하더구만.
왜놈들 손들게 했다는
무시무시한 폭탄 삼팔선 이북에다
떨어뜨린다는 기야.

하늘에서 삐라도 뿌렸어.
고러자 동네 사람들 모두 보따리 싼 기야.
요런 이야기 함부로 하지 말라우.
눈 깜박할 새 잡혀가누만.
고저 빨갱이 싫어 나왔다 하지 않으면
그 얼어붙은 강가에서
도깨비같이 생긴 놈들이 벌인 일처럼
엉뚱한 짓거리 생기는구만.

얼어붙은 강가에서, 마음이 강처럼 얼어 도깨비나라로

줄줄이 끌려 들어온 사람들. 딱 한 달만 무서운 폭탄 피해 남쪽으로 서둘러 내려왔던 사람들.

수십 번 얼었던 강물 풀리고, 수백 번 가위 눌리며 다짐했던 꿈, 허물어진 뒤에도 다시 되돌아 건너가지 못한 강가.

검은 석장승 같은 사람 사라지고

머리에 산보다 더 큰 흰머리카락 바람에 날려도, 결코 건너가지 못하고 황천보다 더 깊어진 강.

그 강 앞에서 폭포수처럼 요란한 눈물 쏟아져 내리면, 마음속으로 수십 년 휘몰아쳤던 눈보라 같은 사연들 공중을 날아다니고.

강물에 흘러가는 노을 붙잡기 위해 고개 들면 그날 강가에서 이유도 모른 채 도깨비 같은 사람들에게 끌려가 사라진 사람 발자국 같은 구름.

분단된 철조망 위를 기웃거리며 헤매고 있다.

도강기 2

병이 돌았디.
염병
문둥병, 그것보다 더 무서운
세월 뒤집어 놓은
지랄병이
세상 한바탕 뒤집어 놓은 기야.

피난 내려온 그해 겨울
오한 들려 누웠는데
땀 비 오듯 흐르면서 눈앞이
노랗게 변하더구만.
이상하게 장질부사였어.

말이 돌기는 했디.
양코배기
노무자 하면서 여기저기 떠돌 때
겨울에도 벌레들 보이고
희한하게 나락 논에 피 돋듯

아픈 사람들 생겨났디.

판자촌 거적때기 가린 문틈으로
매서운 바람 들이치고
갈라진 구들에 매운 연기 올라오는 움막에서
니불 뒤집어 쓰고 누웠디.

마른 입술 새까맣게 타들어 가고
목에서 가시 돋는데,
밤이면 아바디가 자꾸 찾아오는 기야.
끙끙거리는 머리맡에 앉아서
뭐라 중얼거리시더구만.
열두 살 때 죽은 그 양반 발자국 없이
찾아와서 말을 거는 기야.

누구래 있어.
아무리 앓아 누워도 죽 한 그릇 들고
찾아오는 사람 없디.

죽겠구나 싶어 기어갔어.
양코배기 부대 잔밥 버리는 곳으로
거기 음식 쓰레기통 뚜껑 여니
갸들 먹다 버린 고깃덩어리 가득하더구만.
그걸 손으로 퍼서 먹었디.

정신없이 먹는데
멀리서 키가 꺽대만 한 놈이 소리치는 기야.
너래 상관할 바 아니라고
손으로 열심히 집어 먹는데 뛰어와서
뭐라 나불거리더만
권총을 척 이마에 갖다 대는 기야.
쌍놈의 새끼들
개도 먹을 땐 건드리지 않는다고 하는데.

서른다섯 살.
혼자 피난 온 아버지의 피눈물 나는 세상살이 듣는다.
양코배기라면 길 가다가도 침을 뱉는 사연. 대구 대봉동 세상과 담 쌓아 놓은 미군부대 담장 따라가며, 미친 시절 이야기. 철망의 가시처럼 날카롭게 가슴 찌르는 내력, 길게 늘어진 그림자로 쓸면서 지나간다.

이제 두 번 다시 들을 수 없는 이야기 사이로, 살아 건너갈 수 없는 강이 흐르고, 이 강 건너가면 또 어떤 병 돌아 우리 부자 만나게 할까?

양코배기라면 자다가도 벌떡 일어나 욕설하던 아버지.

얼굴 한 번 본 적 없는 손자가 저 멀리 뉴욕에서 찍어 온 사진 불쑥 하고, 제사상 올리면 대구 대봉동 양공주골목 걸어가면서 찌푸리던 그 얼굴 활짝 펴실까?

추석 가까워 형님의 벌초 이야기 전화로 들으면서 나 혼자 앓은 깊고 깊은 병 이렇게 종이에 새겨 넣는다.

도강기 3

세상에 제일 질긴 것 무엇인 줄 아네.
나이롱줄보다
더 질기고 모진 것이 사람 목숨줄이야.

그 한겨울
쓰레기 잔밥통 뒤지고 사는데
옆 움막 찾아왔던 사람이
일러 주더구만.

"안 죽겠으면 두엄에 들어가시라요."

두엄 알디?
시골 변소간 옆에 있던 거름덩이
볏짚과 풀
무덤같이 높이 쌓아 놓고 오줌 뿌려 놓은 것
한겨울에도 김이
무럭무럭 올라와서 쌀뜨물로 식히던 놈.

>

거기래 들어가서
목만 내놓고 있으라는 기야.
그렇게 하면
어떤 병도 달아난다고.
그래서 그 속으로 뒤집고 드러누웠디.

지독하더구만
그 오줌과 쌀뜨물 썩는 냄새
볏짚과 재가
뒤집어지면서 토해 내는 열기
그걸 참으며 하룻밤을 새우는데
비 오듯 땀이 나더구만.
코끝에 살얼음 얼어 벌겋게 달아오르구.

깜박 잠들었다 눈 뜨니
시꺼먼 하늘에 별이 보이는데
미티갔더구만.
아무 냄새도 안 나고 몸이 가벼워.

고저 별 하나 하나가
커다란 사과 알처럼 커져서 보이는데
내 몸에서 혈관 뛰는 소리가
기관차처럼 들리는 기야.

감쪽같았어.
이튿날 아침 사람들이 두엄에서
꺼내 주어서
움막 앞에 누워 있는데
신기하게 열도 사라지고 닙술에 핏기가
돌더구만.

그러자 갑자기 온몸에서
썩은 냄새 한꺼번에 올라와 코 찌르는데
지독하더구만. 죽음 냄새 같았어.
개울에 가서 씻고 나오니
신기하게도 아픈 것 다 나은 기야.
알고 있으라우. 몹쓸 병 들면

두엄에 묻는 기야.
못 고치는 병이래 없어.

딱 하나 빼고 말이야.
둑기 전에 고향 한 번 보고 싶은 병은
그 냄새 나는 두엄으로도
안 되더구만.
그래서 사람 목숨이래 아무리 간당거려도
마지막까지 놓지 못하고
질기게 가지고 있는 것 있어 오래 버티는 기야.
그거 알고 있으라우.

도강기 4

여름이었다.

복달임 옻닭이 안지랑 골짜기 정신없이 날아다닐 때였다. 길거리에 천막 깔아 놓아도 밀려들던 손님이 끊어지고, 주방 아주머니들 겨우 점심 챙겨 먹고 났을 때. 평소처럼 식당 입구에서 난닝구 바람으로 매상 계산하던 아버지가 사라진 것은.

아무도 어디로 가신 줄 몰랐다. 저녁 가게문 닫을 때에도 나타나지 않았다. 다음날 장 보러 갈 때에도 전화 연락조차 되지 않았다. 삼 일째 되던 날 경찰서에 신고를 하여도 행방을 알 수 없었다. 주위 사람들이 수근거리고 불안한 소문이 돌 무렵, 일 주일 만에 사라졌던 복장 그대로 나타나셨다.

얼굴이 반쯤 살이 빠지고
굳게 다문 입에서는 아무 이야기 흘러나오지 않았다.
변한 것이 있다면,
수틀릴 때마다 터져 나오던

아버지의 가장 무서운 욕설이 사라진 것이었다.

"김일성이보다 더 나쁜 놈."

그리고 수상한 손님들 가게 찾아들었다. 정장 하거나 잠
바 차림의 사람들, 일행 이루어 뜨거운 햇살 아래 모여 연
신 옻닭을 뜯어 먹었다. 그들이 들어서면 아버지의 말씨는
고분고분해졌다. 그 일주일 행방이 밝혀진 것은 계엄령이
풀리고, 한참 세월 흐른 뒤였다.

쌍놈의 새끼들.
복도에서 비명소리 들리는데, 책상 앞에 앉혀 놓았다
딱 밥시간이 되면 한마디 하는 기야.
"밥 먹고 시작합시다."
기리고는 어디서 시켜 온 국밥 내놓고는 사라지는데
너라면 밥이 넘어갔어.
나갔다 들어와서는 책상 앞에 국밥 보고는 싹 치우고,
다음 밥 때까지 기다리다 또 그러는 기야.

"밥 먹어야 시작할 수 있습니다."

일 주일 내도록 그렇게 하더니 딱 한마디 하고는 풀어 주더구만.

"여기서 김일성보다 나쁜 놈이 있으면 큰일납니다."

옻닭이 남쪽 점령하기 위하여 여기저기 식당 간판이 걸리고, 더위가 분지도시 가마솥으로 끓어 넘치게 하던 여름이었다. 아버지가 경우 없는 사람 만날 때마다 터져나오던 "김일성보다 더 나쁜 놈"들 살던 나라가 사라진 것은. 그런 강물이 하나 내 아버지 한없이 여위게 한 날은.

도강기 5

건너갈
강도 없으면서
나는 둑에 서 있다.

멀리 마천루
빽빽이 들어서 있는 수풀
딱정벌레 같은
자동차들 가물거리며 돌아다니고

내 발밑에는
여울 이루어 흘러가는 세상
결코 결빙되지 않는
소문의 물살들 쉴 없이 출렁이고

오래 병들어
아무 냄새 맡을 수 없는 코에서는
향신료와 솜으로
틀어막은 썩은 냄새 부글거린다.

>

낯선 땅 모퉁이
되돌아갈 기약 없는 못자리 지키며
혼자 누워 있는 아버지 뵙고
무향살이 위해 다시 돌아가는 길

나는 거대한 시간의 물줄기 위를
소금쟁이처럼 떠돌고
건너갈 수 없는
강이 된 지난 세월 언 기억 속에서
자꾸만 일어나는
검은 하늘 소리 없이 우는
낮달의 노랫소리 듣는다.

묘봉妙峰에 뜬 달

갸래 밤에 왔어.
거기 섣달 바람이 매섭디. 날 시퍼렇게 선 칼 같아
맨살 내밀면 사정없이
냉기가 날 휘둘러, 시뻘겋게 자국이 나디.
그런 범 같은 바람 뚫고 갸래 왔어.

누런 인민군 군복 입고
밑에 아덜 데리고 나타난 기야.
한 두 달 만이였디.
낭림산맥 북쪽으로 올라가면서
배고프다고 옥시기 삶아서 먹고 간 지.
방에 앉자 하는 말이 무섭더구만.

"아바디 내일 아침이면 우리 세상 됩니다. 날 밝기 전에
떠나시라요. 내래 불효자가 될 수 없습네다. 아바디가 국
방군 놈들 들어왔을 때 했던 일, 우리래 다 알고 있습네다.
기리니끼니 그냥 혼자 떠나시라요. 남아 있으면 내래 아바
디 처리하지 않을 수 없습네다."

>
그러면서 허리에 차고 있는 딱딱이
내 앞에 꺼내 놓은 기야.
목구멍 깊숙한 곳에서 뜨거운 것 올라오더구만.
어카갔어. 국군 올라왔을 때
아들이래 인민군 군관 되어 올라간 것 다 아는데
내래 살겠다고 재빨리 치안대 맡았디.
그리고 설레바리친 것
갸래들 다 알고 있더구만.
기래서 눈 딱 감고 새벽에 내려온 기야.

간간이 부엉이 울음처럼
사람 발걸음 붙잡는 눈발 동무 삼아
외갓집 가는 길.
구레나룻 길게 내쉰 한숨
고드름같이 얼어붙어 질척이는 발걸음
피난길보다 더 험하게 붙잡아 매는
아버지의 이산기離山記를 듣는다.

>

바람이 문풍지 흔들면
지금도 당신 머리에 문득 떠오른다는 그 밤.
북쪽에 남은 이복형님은
정말 딱딱이로
피난 가지 않은 아버지 쏠 수 있었을까?

호기심에 뒤돌아보면
속리산 묘봉 위로 허연 낮달 기울어지고
길 옆 빈 수숫대만 남은
옥수수 밭고랑
사람 발소리에 놀란 노루가 뛰어나와
서툰 피난길 나선다.

원적지 1

평안남도
맹산군 수정리 300번지

이제는 아무리 밤새워
편지 써도
이름 아는 사람 없어
편지 부치지도 못하는 주소지

북진한 국군에
목숨 붙이려고 엉겁결에
치안대 가담했던 아버지가
눈보라 속에 나타난 인민군 아들
총부리 피해
야밤에 홀로 떠나온 그곳

밤이면
겨우 글씨 배운 국민학교 아들에게
남폿불 밝혀 놓고

또박또박
가슴속에 고인 침 묻혀
연필 끝 눌러 새겨 놓았던 주소

수없이 세상 떠다니면서도
단 한 번도
내 머릿속에서 지워지지 않았던
평안남도
맹산군 수정리 300번지

휴전선 너머 북쪽
낭림산맥이 손 뻗어 반도
쓰다듬던 자리.
낯선 마을 동네 묘지에
눈물로 아버지 묻으면서도
결코 비석 뒤에
당당하게 새겨 놓지 못한 주소
>

아직도 내가 날마다
가슴속으로 숱한 편지 써서
부치지 못하고 있는 그곳
단 한 번도 가 본 적 없어 아득하기만 한
내 삶의 원적지

평안남도
맹산군 수정리 300번지

원적지 2

피난 온 지 사십오 년
평생 지고 오던
설움 등 휘어지게 하더니
추석 지나 삼 일 만에
아버지는 감은 눈 뜨지 않았다.

편지를 썼다.
평안남도 맹산군 수정리 300번지
목메어 붓조차 들지 못하고
어렵게 알게 된
수상하기 그지없는 인편으로
그렇게 가고 싶어했던
그곳으로 글씨 하나 새기지 못한
부고를 부쳤다.

일 년 지나
단 한 번도 얼굴 맞대지 않은
이복형님

목소리 하나 끼지 않은 소식
만주를 거쳐 왔다.

"그동안 고생했구만.
이제 돌아가신 날 알았으니
제사는
장손인 내가 모시겠어."

당신이 한 소리인지
몇 손 거쳐 오면서 만들어진
소식인지
확인할 수 없는 답장
제사 사흘 전에
남쪽에 있는 우리 형제들에게
겨우 닿았다.

당신이 즐겨 드시던
빈대떡처럼 둥근 달이 뜨고

신위 쓰던
당신마저 자리 비워
더욱 허전해진 남쪽의 제상
여전히 향 피워 올린다.

아직도
고향 닿지 못한 사람 위해
남쪽과 북쪽에서
한 아버지 위해 향을 피운다.
귀신은 발이 없으니까
남북 양쪽으로 바쁘게 날아다니며
제삿밥 챙겨 드시라고

사십오 년 피난살이 지켜 온
남녘 아들이 울며
어두운 하늘로 향을 피운다.

원적지 3

도로명 주소로
집 주소가 바뀐다는 소식에
덜컹 가슴
내려앉았던 가을

우편번호도 없는
그곳에 가 보겠다고 비행기 타고
태평양 건너
남의 나라 백성 되려다가

백발 노인이
심우도 주인공처럼 소 끌고
휴전선 넘는 것 보고
부리나케 돌아와
원적지로 띄워 보낼 무수한 말들
가슴에서 퍼올렸다 지웠다.

그곳에 사는 사람 놀랄까 봐

혼자 끙끙거리며
아들에게 문자를 보낸다.
평안남도
맹산군 수정리 300번지

행여 내 죽은 뒤에
그곳 새로운 주소 알게 되면
이 편지 고이 접어
부쳐 달라고 다짐의 문자
편지처럼 꾹꾹 눈물로 눌러 보냈다.

원적지 4

삼 일 동안 비가 왔다.
제주에서 백두까지 비는 오면서
봄을 여름으로 바꾸고
판문점쯤에서 하염없이 울었다.

칠십 년 동안 참았던
소리 없는 통곡 한꺼번에 씻어야 한다고
벚꽃과 봉숭아 꽃잎도 모두
하얀 사과 향기로 묻어 버리고
밤에 설레이는 사람들 꿈속에도 내려
철조망 걸려 터뜨리지 못한
오랜 울음 한꺼번에 바다로 데리고 갔다.

편지를 쓴다.
빗방울로 밤을 찍어 가슴에 새겨 두었던
원적지 그 두려운 주소로
아버지가 늘 불러 주었던 사람들에게
이제는 가지 않겠다고

마음에 묻어 두었던 말 옮겨 적는다.

남쪽이면 어떻고 북쪽이면 어떠냐고
봄비도 이렇게 사흘이면
저수지 못둑 넘어온 들판 출렁이게 하는데
그까짓 것 철조망 하나 치우는 데
얼마나 많은 사람들 피눈물 뽑았냐고
부화통 터져 못 가겠다고

이제는 낯선 땅에 묻혀 백골만 남은
어르신 사흘 낮 사흘 밤
창밖에서 투덜거리는 소리 옮겨 적는다.
자꾸만 뒤척이며 어둠 속에
서성거리는 마음 봄비처럼 계곡에 풀어 놓는다.

원적지 5

판문점 회담 끝난 뒤
한 주일 지나
가족회의를 열기로 했다.

달성 유가사 입구
낯선 땅에 잠들어 있는 분
어떻게 해야 하느냐 상의하기로 했다.

비슬산 진달래 지천으로 핀 봄날
당신 생각은 어떤지 궁금해
잡풀 무성하게 돋아난 산길 올라
산소 옆에 앉아 말없이
이승과 저승 오가는 대화 주고받는다.

가셔야 되겠지요?
"……"
살아서 그렇게 그리워했던 곳
못 가시게 붙잡아 두면 버럭

옛날처럼 자리에서 벌떡 일어나
제 멱살 잡아 흔드시겠지요.

북쪽 처남이
고향에 남은 조카들 대신
기어이 만들어 세워 놓은 상석.
제주祭酒 따르다 고개 드니
하늘 한쪽 기울어져 눈앞이 흐려진다.

이제 휴전선 열려
그쪽 가시게 되면 가끔 생각해 주세요.
사십 년 당신과 부딪치며
속 썩인 까닭, 이렇게 헤어지기 싫어서였어요.

말도 되지 않는 변명
혼자 늘어놓으며 가족회의 하기로 했다.
이제 북쪽 고향마저 잃고
헤맬 자식들에게 또 다른 피난살이

시작하자고 말하기로 했다.

강시전

엽기였다.

대낮부터 도깨비들
지하에서 에스컬레이터를 타고
눈앞으로
줄줄이 올라오고 있었다.

땅 위로 올라온 도깨비들은
싱글벙글거리며
환한 햇빛 두려워하지 않고
두 팔 휘저으며
거리를 마음대로 돌아다녔다.

그 무섭다는 빨갱이가
지었다는
무시무시한 모란봉 극장 앞
그들은 색동옷 입고
떼 지어 깔깔거리며 돌아다녔다.

\>

그 웃음소리에 국민학교
일학년 때부터 배운 거대한 나라가
해일 맞은 모래탑처럼
한꺼번에 무너져 내리고 있었다.

도깨비 같은 인간들이 휩쓸고
지나간 영화관은
불 환히 켜진 뒤에도 숨소리조차
들리지 않았다.

사람들 가슴에서 터져나오는 탄식 소리가
목구멍 신음조차 삼켜 버렸다.

여름방학 끝난 날
학교에서 선생에게 죽도록 맞았다.
그날 영화에서 본 평양 거리를
아이들에게 이야기했다고,

거짓말하지 말라고
사실대로 이야기하라고 신나도록
두들겨 맞았다.

서울은 아직
지하철도 개통되지 않았는데,
어떻게 거지들 득실거리는
휴전선 북쪽에서
그런 일이 생길 수 있냐고,
두 눈으로 직접 똑똑히 보았냐고,

물어보면서 얼굴이
벌겋게 도깨비처럼 달아오른
담임 선생은
열세 살 어린 학생을 실내화 바닥으로
개 패듯이 두들겨 팼다.

단 한 마디 말도 못 했다.

차마 7·4 공동성명이 발표되고
지방 경찰학교 강당
정보과 형사들에게 몰래 커튼으로
창문 가리고 틀어 준 영화.

그 깜깜한 비밀의 세계로
숨어 들어가
한 시간이나 더 되는 영화를
두 눈으로 분명히 보았다고 말 못 하고
육십 명 넘는 아이들 앞에서
손가락질 받는
새빨간 거짓말 하는 아이가 되었다.

1973년 여름.
수십 년 동안 배웠던
굶주림과 광기의 깃발로 우뚝 세워졌던
거대한 도시가 무너지고 있었다.
교실 안은 강시 같은 인간들이 가득했다.

\>

선생은 강시보다 더 지독했다.
아무리 도망가도 꿈속에서도 나를
손가락질하며 쫓아왔다.
거짓말하지 말라고,
어떻게 그런 일 생길 수 있냐고
내 눈으로 본 것들을 두들겨 팼다.

그 뒤부터 나는 말하지 않았다.
내 눈으로 본 것들에 대하여
지금도 나는 지하철 탈 때마다 땀 벌벌 흘리며
실내화를 벗어 학생을 때리던 선생의 얼굴을 잊지 않는다.
그리고 묵묵히 엽기적인 도시
에스컬레이터를 타고
강시들의 공화국을 걸어간다.

푸른 다리의 추억

가고 없네. 대구 칠성시장
뒷전 골목
장끼 껍데기 사러 갈 때면
아버지와 들렀던
황해도집 할머니도 벌써 떠나고

떡전 골목 한 귀퉁이에서
누렇게 앉아 있던
옥시기 갱엿도 보이지 않네.

"너래 알고 있으라우
어떤 고뿔이라도 장끼 껍데기
하나만 푹 고아 그 물 마시면 되누만
고것이래 없을 때
쓰는 것이 꿩엿이야"

들통에 물 앉히고
장끼 잡아 가른 뒤에 망치로

옥수수 갱엿 깨어 뱃속에 채우고
밤새도록 달이던 저녁

숱한 산짐승 처방들
꾸불꾸불한 난전 질퍽이는
진흙길처럼 머리에 달라붙고
어느새 쉰 넘어
어지러운 세상살이 가쁜 숨
고개 넘어서다 돌아보니
이제는 모두 가고 없네.

난전 따라 기웃거리며 지날 때마다
불쑥불쑥 말 건네던 사람들
황해도 장국집에
뚝배기 가득 수북이 쌓이던 이야기
모두 손님 떠난 빈자리처럼
허연 유리창 밖으로 흘러가고

>

가고 없네. 대구 칠성동
푸른 다리 지나던 기차 소리
이제는 어디서도 들리지 않네.

제2부

깊은 우물

장갑長甲에서 자다

외갓집 사촌들끼리 일 년에 한 번 모이는 날. 세월교洗越橋 사라진 칼바위에서 늦은 저녁을 먹는다. 여든 넘나들이 노인네들 일찍 잠들고, 온천 개발 광풍에 산소마저 이장해 버린 산 너머 고향 사연 하나씩 간직한 사람들. 장마 들면 상판 위로 물결 넘치는 세월교 앞에서, 발목 묶여 걸어갔던 장갑 굽은뱅이길. 객지 사람들 세워 놓은 펜션에 모여, 수십 년 묻어 두었던 시간 타닥타닥 불꽃 같은 비명 소리 지르며 시들어 가는 장작불로 구워 낸다.

신기神氣 붙어 산골짜기 굿당 펼쳐지면, 콩 매던 호미 밭둑에 두고 대잡이 다녔던 할머니 굽은 등허리 어깨에 진 막내이모는 자신이 낳은 씨 다른 자식들 앞에 가슴 깊이 쌓여 있던 울음 토해 내고. 부모를 산으로 모두 보낸 외사촌들은 어두운 밤 논둑길 걸어가는 두꺼비처럼, 이장된 조상묘 들어 있는 골짜기 수많은 별들 내려다보고 있는 사연 읽는다.

일 년에 한 번 별들도 모였다 헤어지면서 그 사연 가슴에 새기기 위해 하늘의 세월교 넘쳐 흐르게 비가 온다는 칠월칠석. 멈춰 선 기억들 밤새도록 장작불 불씨 이어가며 가슴 깊이 고여 있는 사연 풀어내는 사람들 건너가지 못하는 세월歲月 앞에, 잠들 서성이는 소리 개울물에 흘러 들어간다.

만세^{萬歲} 운동회

크기라야 겨우 오백 평.
백 미터 달리기도
단번에 할 수 없어 운동장
두 바퀴 돌아야 하는 곳

일 년에 한 번 그곳에서
운동회가 열린다. 그것도 날 뜨거워
햇살도 그늘 찾아
천막 밑으로 기어 들어가는 염천.

온 산 골짜기 사람들 나와
만세 운동회를 연다.
땀 범벅된 윗도리 벗어젖히고
마을끼리 한 무리 편 갈라
함성을 지른다.

라디오 하나 없던 일제 강점기
나라가 독립된 것조차 모르고 있다

사흘 뒤 삼십 리 떨어진
재 너머 면소재지 나갔던 인편에 전해 듣고

골짜기에서 가장 넓은
오백 평 학교 운동장에 모든 사람 나와
만세 부른 것 부끄러워
광복 이듬해부터 지금까지
열 일 제쳐 두고 열렸다는 운동회

올해도 골짜기 남은 사람들
마을마다 먹거리 하나씩 장만해
운동장 한쪽 가마솥 걸고
음식 나눠 먹으며 만세를 부른다.

이제는 태어나는 아이 드물어
유치원도 간신히 이어가는 골짜기.
흩어진 사람 불러 모으기 위해
운동장 미루나무 잎사귀 바싹 말라 들어가고.

손바닥만 한 하늘 자꾸만 줄어드는데

늙은 노인네 모인 운동장
또 만세 소리 외치는 달리기 시합을 한다.
꾸부정한 허리 비틀거리며 달려와
겨우 자기보다 십여 년 젊은 오십대에게
힘겹게 바통 넘겨주며
빈 골짜기 떠나가도록 소리친다.

대한독립 만세!

자기 태어나기도 전 울려 퍼졌던
오랜 외침
아직도 산골짜기에 끊어지지 않았다고
꾸부정한 허리 꼿꼿이 소리친다.
만세 운동회 그 긴 트랙 돌아
버티어 온 삶 운동장 가득 풀어 놓는다.

엄마 돼지 여섯 마리

넓고, 넓은 세상
돼지 가족 세 마리가 소풍을 갑니다.
차가운 북쪽에 가족 두고
피난 온 아빠 돼지 한 마리와
엄마 잃은 아기 돼지 두 마리가
세상 속으로 아장거리며 나들이합니다.

피난 와서 새로 얻은 마누라 잃은
홀아비 돼지는
고개 하나 넘을 때마다 새로 생긴 아기 돼지 위해
엄마 돼지 한 마리 구해
거친 피난살이 파도 헤치며
소풍 같은 세상살이 이어갑니다.

원대 시장터 구루마로 호박 실어
살아갈 때는
홀아비 애처로워 국밥 팔던 돼지가
엄마 돼지 되어 날마다 뚝배기 국밥 담아주다

자동차에 실려 어디론가 떠나가고,

그 다음에는 주일마다 찾아가던
예배당에서 밀가루 나눠주던 돼지가
코 흘리며 돌아다니는 아기 돼지 불쌍하여
엄마 돼지 되어 옷 소맷단 매어주다
피난 갔던 남편 나타나자 훌쩍 떠나가고,

양철지붕 살던 홀아비가
시장 난전 천막 식당 차려 장사 시작하자
부엌일 하던 돼지
눈 맞아 엄마 돼지 되더니
아기 돼지 두 마리 훌쩍 커버리자
혼삿길 찾다 사라지고

홀아비 돼지 늙어 한곳에 눌러붙자
울긋불긋 색동옷에
입술 빨간 과부 돼지 들어와서

앞산 뒷산 과수원 치마폭에 감싸더니
소문 없이 떠나가고, 갈 곳 없는
돼지 가족 세 마리가 하염없이 하늘 쳐다보다

세상살이 험난한 길
제자리 찾지 못하고 떠나가버린
엄마 돼지 여섯 마리
지금은 모두 어디에서 길 잃고 헤매이나
걱정하다 한날 한자리에 무덤 자리 모아 놓고
제사를 모십니다.
엄마 돼지 여섯 마리, 한꺼번에 모십니다.

단오제

보은군 마로면 관기.

일찍이 몇 갑자 전. 짚신 신고 병든 세상 구하겠다고 안태자리 떠나 남쪽으로 내려왔던 정감록 사람들 숨어 살던 구병산 맞은편 서당골. 마침내 동포끼리 서로 죽이겠다는 난리 터지자 전쟁 피해 등 떠밀려 내려온 사람들과 만나 마을 이루었던 곳.

달랑 옷보따리 하나 메고, 고향 사람 산다는 소문에 좁은 골짜기 미어터지도록 모여 서로 등 기대며 콩 한 톨, 보리 한 알 나눠 먹다 그해 오월 단오. 보은 장터 보청천 모래밭에서 열린 씨름판으로 몰려 나갔네. 씨름판 한쪽에 우두커니 상품으로 매어 놓은 황소 잡아 온 골짜기 사람들 원 없이 고기 한번 구워 먹자고. 보은, 회인, 산내, 산외, 원남, 숱한 남쪽 것들 아무리 힘 써도 평안도 가파른 산비탈 등짐 지고 오르내리던 에미나이들 억센 허벅지 이길 수 없다고 서로 다짐하면서.

늙은 과부 머릿결도 반짝인다는 단오.

서걱이는 모래알 발목에 감기는 뜨거운 씨름판에 피난 온 한세상 단숨에 무너뜨리고. 돌아오는 추석에는 모두 고향으로 되돌아갈 수 있을 거라고 남의 허벅지 매어 놓은 샅바 이 악물고 후려치며 모래판 누볐네. 배지기 들창코로 타향살이 둘러메치고, 안다리 호미꺾기로 지랄 같은 본토배기 텃세 어깃장 눕혀, 밭다리 후리치기로 모래판에 처박았네.

마침내 해 넘어가며 다다른 결승판.

북쪽에서 피난 온 서당골 사내 둘 씨름판에 올라서자 신기한 일 생겼네. 아침부터 씨름판 말뚝에 매여, 집채만 한 덩치로 고삐에 허연 거품 토하던 황소. 서당골 피난 온 사내들 씨름판 들었다 놓을 때마다 누런 황모 사라지더니, 객지 것 둘만 달랑 남아 모래 올라가니 갑자기 송아지로 변해 보청천 개울가 서성거렸네.

어디서 온지 모르는 외지 것들 단오 씨름판 모두 꿰어찼다고. 누군가 황소 뿔 주머니에 넣고 사라지고, 갈라진 꼬리는 구경꾼 투덜거림에 줄어들더니, 심판마저 투덜대며 씨름모래 발로 차서 자갈밭 일구더니, 응원하던 구경꾼도 모두 흩어져 버리고. 마지막 남은 서당골 두 사내. 서로 샅바 잡고 어금니 깨어 물고 울면서 단오 그 긴 하루해 서로 배지기로 모래판 바닥에 넘겼네.

한 갑자도 더 오랜 세월 전.
보은 장터 피난민 흘러넘쳐 동학난 때처럼 이북 사투리 웅성거릴 때. 보은 마로 관기 서당골, 외지 사람들 소나무처럼 빽빽하게 넘치며 누런 황소 거꾸로 자라나 송아지로 변해 객지 것들 텅 빈 모래판에 빈 그림자로 서성거릴 때. 단오날 씨름판 객지 사내 속울음으로 가득 찼던 시절 풍문 속으로 사라지고.

앞으로 수 갑자 지난 뒤, 마침내 그 씨름판 자갈밭 서성거리던 송아지 속리산 팔상전 동자승 사이에 되살아나, 휘어진 정이품송 가지 지나 우복동 전설 속으로 피난민 모두 데리고 배고픔 없는 세상 찾아 대천세계 되면, 창포물 가득 흘러가는 보청천 뚝방 아래 서글픈 단오 이야기 실어가는 강물들 한숨 소리 온 들판 가득 흘러넘칠 것이네.

깊은 우물

대구 비산동 때때말랭이. 판잣집 피난살이들 지붕에 겹겹이 쌓이고, 저녁이면 언 미나리깡에 세월이 외날썰매 타던 겨울이었다.

아버지는 마당 한가운데 공동 우물 펌프 옆에다 커다란 도라무깡 세워 놓고, 우리에게 펌프질을 시켰다. 수백 번 펌프 손잡이 올리고 내린 뒤에야 도라무깡에 물이 채워졌다. 땅 위에 양철로 된 우물이 하나 공중으로 세워지고, 물 가득 담겨진 우물에 달이 뜨자 아버지는 말했다.

"마지막으로 묻갔어. 너래 그래도 못 하간?"
열한 살 형님은 여전히 입 굳게 다물고 아버지를 쳐다보았다.
"안되겠구만. 둘 다 옷 벗고 도라무깡으로 들어가라우."
아버지의 손에는 커다란 삽자루가 들려 있었다. 국민학교 삼학년과 육학년 두 형제는 아버지 삽자루가 무서워, 한겨울 이가 기어다니는 옷을 벗고 그 도라무깡으로 만든 우물 안으로 들어갔다.

>

삽시간에 지상에 세워진 우물 위로 살얼음 얼고, 아이들 입술은 미나리깡 얼음 밑에 숨어 있던 푸른 싹보다 더 파랗게 변해 이빨 마주치며 소리를 냈다.

그래도 형은 고개 꺾지 않았다.

추울수록 더 억세게 어린 동생을 알몸으로 껴안고 아버지의 바람을 물리쳤다.

결국 추위에 참지 못한 동생이 형에게 울면서 입을 열었다.

"형아. 그냥 엄마라 해 줘라. 안 그라면 우리 얼어 죽는다."

"새끼야. 울 엄마는 죽은 엄마밖에 없다. 나는 아무한테도 울 엄마 안 빼앗긴다."

도라무깡 우물 위에 내리던 살얼음 울먹이는 형제 목소리에 더없이 깊어지고, 마당 지켜보던 별들 눈썹에 이슬 묻어나는지 흰 눈발 하늘에서 소리 없이 내려오고 나서야 우물은 더 이상 울지 않았다.

아이들 머리에 얼음발이 내리고, 마침내 작은아이의 울음 신음 소리로 변하자 아버지는 기어이 도라무깡 우물 테두리를 삽자루로 내리치면서 방으로 들어갔다

"샹놈의 간나 새끼. 누가 너래 오마니 바꾸라고 하든. 그냥 새엄마라고 부르라 했지."

대구 비산동 때때말랭이. 피난 와서 처음으로 국민학교 앞에 문방구 열고, 오뎅과 설탕뽑기로 아이들 군것질거리 팔던 시절. 네 번째 엄마 돼지 집에 들어와 부엌에서 제대로 차린 밥공기 안방에 올라오던 그해 겨울.

도라무깡 우물 속에 형제와 늙은 아비가 흘렸던 얼음보다 더 차가웠던 울음들은 지금 어디서 떠돌고 있는지? 문득 고개 들면 하늘에 깊고 깊은 우물 하나 둥근 달로 떠서 흘러간다.

평화상회 1

소매치기가 겁나게 많던 시절.

열차 타고 한 달에 한 번 전대 허리에 두르고, 돈 운송하던 아이가 있었어.

그때 돈으로 거금 백만 원. 집이 한 채가 더 되는 돈이었지.

그것을 배꼽 위에다 보자기로 싸 허리 질끈 감고, 소매치기 우글거리는 완행열차 타고 여행을 가는 거야.

일제 때 독립군 만주 벌판으로 떠나듯.

국민학생이 허리에 집 한 채 차고 다니는 거야.

누가 그 작은 허리에 집 한 채 숨어 있다고 생각하겠어.

기차가 양옥집 지붕보다 더 높은 연기 굴뚝으로 내뿜으며 달리던 시절

그 아이는 평화상회 찾아가는 거야.

거기가 뭐하는 곳이었냐고?

평화를 파는 곳이었지. 평화를 어떻게 파냐고?

지금부터 하는 이야기를 들어 봐.

>

그 집에서는 잡화를 팔았지. '제무시'와 버스가 플라타너스 밑으로 투덜거리며 다니던 시절. 김천 장날이면 아랫장 윗장 거창이며 상주에서 점방 주인들 몰려다니며 자기 동네에 필요한 물건들 구하러 다녔지. 그 사람들이 필요한 것 무엇인지 알고 있던 점방 주인이 난리 끝난 지 얼마 되지 않아, 사람들 평화롭게 살아가고 싶어한다는 것 알고 점방 이마에 평화상회라고 간판을 달았지.

그 간판 안으로 들어가면 왕눈깔이며, 돌사탕, 옹기에 담은 술까지 시골 동네 필요한 것들이 즐비하게 늘어서 있었지.

그리고 창고마다 가득 쌓여 있었어. 그걸 나눠주는 거야.

우는 아이 울음도 뚝 끊어지게 만들고, 울화통 터지는 총각들 한숨도 잠재우는 것들 팔아 마을마다 평화롭게 살 수 있는 물건들이 가득했지.

더욱이 그 집 주인은 전쟁을 엄청 싫어했어. 난리통 때 다리에 총을 맞았거든. 싸움질이라면 고개 저었지. 그래서 더욱 평화를 팔았던 거야. 절뚝거리면서 피난 다니기 싫어 평화를 산더미처럼 쌓아 놓고, 찾아오는 산골 점방 주인에게 마을과 집에 평화를 가져다주는 과자며 소주 온갖 잡화들을 팔았던 것이지. 그 집으로 장날마다 인근 아포며, 지례, 감문이며 개령 사람들 몰려들어 머리에 그 평화 가져다주는 물건들 한 보따리씩 이고 지고 자기 살던 곳으로 흩어졌지.

그 평화상회에 가서 국민학교 다니는 까까머리 학생은 허리에 묶어 놓았던 돈을 푸는 거야. 평화를 가져오는 독립자금을 푸는 거야. 허리에서 집 한 채 풀어내는 것이지. 기차 지붕보다 더 높은 양옥집 지붕 허리에서 풀어내서, 창고 가득 쌓이는 평화 더 높게 쌓으라고 보태는 것이지. 그러면 그 집 창고에 더욱더 많은 평화가 쌓이고, 인근 사람들은 그것을 자기 동네로 실어 날랐어. 그곳이 어디 있었냐고.

김천 평화동에 있었지.

김천 평화상회.

내 아버지가 함께 피난 내려온 고향 사람에게 식당 차린 돈 빌려 다달이 갚았던 곳.

한 달에 한 번 완행열차 타고 들렀던 상회.

그 평화는 어디로 가고. 그 옛날 사람들이 구하던 평화, 이제는 모두 필요 없는지

장터 사람들 사라진 그 집 앞에는 난리 난 것처럼 요란스럽게 달리는 자동차만, 어디론가 피난 가는지 꽁무니 빠지게 달아나고 있는 곳.

세월의 좁은 골목길에 간신히 슈퍼 간판 달고 밤 늦게까지 버티고 있다.

평화상회 2

평화상회 가는 길.

땅을 끌고 달리는 그림자조차 시커먼 사연으로 물들이 던 열차가 쇳소리 내며 달리던 철길 따라 아포, 대신 지나 면 나타나던 김천.

전쟁 피해 내려왔던 사람들 시장 모퉁이에 차렸던 상회.

우리 엄마 죽은 뒤에 절뚝거리는 다리로 목숨 피난 갈 때도 노잣돈 필요하다고 눈 내린 장사 길에 지폐를 풀어 내던 사람 모여 있던 점포.

산골짜기마다 자동차 마음대로 돌아다니면서 뿔뿔이 흩어져 버리고, 우연히 들른 김천 평화상회.

그곳에 살던 사람 모두 평화를 찾아 흩어져 버리고, 빈집 만 남은 곳에 날벌레 날갯짓 같은 옛이야기만 나폴거리네.

어느 해 나는 그 집 마당에서 몰래 술 먹는 법 배웠었네.

소주 항아리 막아 놓은 코르크 마개에 주사 바늘 찔러 술 빼낸 뒤 다시 불로 파라핀 녹이면, 사람들 혼이 빠진 소주 항아리 아무 이상 없다고 들고 나갔네.

그렇게 배운 술이 날마다 귀신같이 늘어나 한낮에도 별이 보이던 시절. 평화상회 사람들과 함께 연화지 뱃놀이 가서 물속으로 떨어져버렸네.

물풀과 고기들이 우글거리던 유원지.

그 속에서 나는 들었네. 꼴까닥거리며 물 먹은 뒤에, 가물거리는 세상 소리 사라진 물속에서 내 그림자와 나란히 달리던 기찻길 위로 시꺼먼 연기 날리던 기차가 하늘에 풀어 놓았던 소리.

대신, 아포 지나 집으로 돌아갈 때 어둠 속에 따라오던 소리. 피난민 부부가 등에 지고 오던 아이 물가에서 잃어버리고 울부짖던 소리.

대문 밖에서 아이 울음 닮은 고양이 소리 들리면

밤중에라도 뛰어나가 온 골목 서성이며 길가에 앉아 있는 아이 없는지 찾아다녔다는 평화상회 아줌마가 몰래 우는 소리.

그 울음소리 사십 년 지나 텅 빈 거리 아직도 돌아다니고.

주인 없는 평화상회.

사람 모두 떠난 자리에 우뚝허니 앉아 들여다보다 혼자 길 위 헤매다 추억 피해 멀리 피난 가네.

평화상회 없는 곳으로

가면서 그 시절 물속에서 떠오르지 않아 길가 미루나무에게 자꾸만 묻네.

내 마음의 평화 파는 곳 어디 있느냐고.

평화상회 3

　병든 세상 구한다는 구병산 기슭 서당골. 고향 떠나 난세를 건너는 사람들 일 년에 한 번 모여 피난살이 헤쳐 나가는 법 나눠 가지며 모임을 만들었네. 평화상회 사람들도 그곳에서 모여서 마음 속의 평화 나누는 법 배워 나갔지.

　한동안 외국 살다 어느 해 여름 그 서당골로 객지생활하는 법 배우러 갔어. 다리 절던 어른 돌아가시고, 그 집 어머니 치매에 걸려 평화 파는 법 다 잃어버리고, 더듬더듬 사람 알아보는데, 까까머리 내 얼굴 아직도 기억하고 있었는지 덥썩 손 잡고 굳어진 혀 겨우 움직여 소리를 내는 것이었지.

　평화 한번 제대로 못 팔아
　난세 것들 객지를 떠돌게 하고 있다고.
　목젖에서 서당골 노루 울음 같은 목소리
　자꾸만 내지르며 붙잡은 손 억세게 흔들었지.

　평화상회.

울 엄마 잃고, 처음으로 밥상에 내 숟가락 얹어 놓으며
배고프면 언제든지 오라고 눈물 글썽이던 어머니. 눈 감을
때도 평화통일 되면 떠나오신 고향으로 평화롭게 가겠다
고 노루처럼 울부짖으며 뼈만 남은 손잔등에 다짐처럼 굵
은 핏줄 드러내며 한없이 흔드셨지.

끝내 평화 찾지 못하고 돌아가셨다는

평화상회 그 어머니.

평화상회 4

평화상회
큰형님 만나러 가는 길.
겨울마저 얼어
썰물에 투명한 얼음덩이로
밀려다니는 월명포구
선창에 앉아 술잔 기울인다

그 혹독한 난리통
강보에 쌓여 남쪽으로 밀려온 형님은
겨울만 되면 손발 차가워져
시린 가슴에 살얼음 같은 기억
자꾸 얼음발 내려 밤마다 가위 눌리고

나는 묵묵히 평화상회.
큰형님 말투에 묻어나는 맹산 골짜기
바람 냄새에 밴댕이 속 같은
남쪽 것들 세상살이 쏠려 가는 썰물에 풀어 놓는다
>

어쩌다 밤이면 가물거리듯
교동도 북쪽 어두운 바다 그 지게에
간신히 지고 온 피난 보따리
땅 위에 떨어뜨린 고향 사람 소식 묻어날까
샛바람 서성이는
북쪽 하늘 바라다본다는 환갑 넘은
평화상회 큰형님

평생 돌과 나무에 새겨 놓은
그 피난길 아득한 기억 손잔등에
무수한 주름으로 이어져
얼어붙은 바닷물들 부딪치는
겨울밤을 혼자 지키고
나는 그 밤의 외로움이 무서워
월명포구 커다란 술잔을
아무도 모르게 가슴으로 비운다.

은어그물

고령 다리 아래 꽁치만 한 은어가 그물에 잡힐 때였어.
그놈들 잡으려면 한바탕 난리를 치러야 했지. 강가 백사장
모래알만큼이나 모기들 우글거리는 적진 속을 뚫고 가야
했어.

그럴 때 가지고 가는 그물이 있었어.

거미줄처럼 가는 실로 짠 은어그물. 그것을 가지고 가는
거야. 은어들은 눈이 맑아 그 그물이 아니면 훌쩍 하고 뛰
어넘는 묘기를 발휘하지.

그 은어그물은 아무나 짤 수가 없어.

은어를 전문적으로 잡아 본 사람만 그물을 짜지

진남포 이 목수라고 불리는 사람이 은어그물의 대가였어.

물고기 그물을 만드는 목수.

그 어른 이야기를 처음 들었을 때 나는 맨 먼저 갈릴리
호수 서성거리던 한 사내를 떠올렸는데, 어느 해 그 목수
가 직접 그물 가지고 나타났어.

키가 조그만 사람이었어. 그렇지만 은어처럼 몸이 날씬
했지.

날렵한 은어 잡으려면 그렇게 호리호리한 몸 가져야 되는 것이구나 하고 생각했지.

은어그물은 우선 크기가 달라. 사람 겨드랑이까지 그물 길이가 올라가야 했어. 여울에서 모이를 먹을 때와 달리 밤이 되면 은어들은 강물이 고여 잠시 쉬었다 가는 넓은 덤벙 주변에 모여 낮 동안 여울 헤엄치던 지느러미 쉬게 하는 거야.

그럴 때 곁을 주는 거야.

옆에 다른 은어가 서성거려도 밀치고 싸우지 않는 것이지.

그런 곳에서 그물을 펼치려면 싸리나무 가지처럼 촘촘한 코를 가진 그물이 필요했던 것이지. 잦아진 물살의 비늘까지도 걸릴 수 있는.

이 목수는 그물을 반쯤 만들어 가지고 왔어.

그 물고기 잡는 목수가 오면 아버지는 대바늘을 잡고, 두 분만 아는 그물코를 만들었어.

고향 이야기며, 세상살이 억센 평안도 사투리로 주고받

으며,

물고기 비늘같이 반짝이는 한 세상을 공중에 걸어 놓는 거야.

마치 은어가 바람에 걸린 것처럼 주렁주렁 이야기 지느러미들이 처마 밑에 가득 채워졌지.

그런 다음 날 두 사람은 새 그물 가지고 은어잡이를 갔어.

대가천 고령 다리 밑으로

피난 보따리를 싸듯이, 새 은어그물 등에 메고,

모기들 우글거리는 난리통 헤쳐 나가는 거야.

어린 양떼 앞세우듯 이제 겨우 기계충 벗겨진 어린 나를 앞세우고 목수와 사냥꾼이 은어그물 가지고 갔지.

은어그물은 치는 방법도 달랐어.

잠들어 있는 은어들 놀라지 않게 하기 위해 물속에서 소리 내지 않고, 발끝으로 돌아다니면서 그물을 쳤어.

달빛 내리기 전 달빛같이 하얀 그물코 하나씩 조심스럽게 물살에 풀어내는 것이지.

은어들 잠자러 가는 길목에 추에서 부레봉까지 일자로 서 있도록 그물을 쳤어.

꽁치처럼 일자로 세워 놓는 것이지. 소리도 없이 그물이 내려지고 나면, 두 양반은 강가 자갈밭으로 나가 모닥불 피우고 새우잠 잤어.

모기들 밤새도록 폭격을 하고,

별빛들도 수상한 사람들 강가 돌아다닌다고 하늘 빽빽이 채워 내려다봐도

아무 소리 내지 않고 새우잠 자다 해가 뜨기 전 안개 일어나는 물속에서 그물 걷어 올리는 거야.

은어는 눈이 밝아 빛만 들어오면 물속에서 그물 보고 훌쩍 하고 뛰어넘어 버리기 때문에 그렇게 잡는 것이지.

은어그물은 양쪽으로 코가 있는 그물과 달리 한쪽으로만 있었어. 대신 고기 감싸는 그물눈이 특이했지.

늘씬하게 생겼잖아 은어라는 놈.

더욱이 잘 익은 수박 향기가 온몸에서 나잖아.

그 향기까지 잡아 두려는지 그물눈이 유난스럽게 촘촘

했어. 은어는 그 그물에 끼여 쭈욱 하고 앞으로 나갔다 한 겹 그물코에 감싸여 잡히는 것이지.

새벽에 그물을 들어 올리면 맙소사.

그 물속 모든 은어가 그곳에 걸려 있는 거야. 나무에 잎사귀 걸려 있듯 그물 가득 주렁주렁 은어가 열려 그물 가득 붙어 있어. 그럼 은어잡이가 끝난 것이지.

피난 보따리 머리에 이고 가듯이 그물 머리에 이고 물속을 걸어 나와 고기를 따는 거야.

대가천 고령 다리 밑.

물속 수박밭 헤엄쳐 다니던 하얀 수박들 몽땅 걸려 나오고. 이 목수는 양떼 대신 은어떼 끌고 돌아가는 거야.

은어그물 가득 주렁주렁 피난살이 제대로 못 한 은어들 데리고, 아버지와 함께 밤새 모기와 전쟁 치른 강변 수풀 지나, 꽁치떼 같은 사람들 우글거리는 도시로 돌아가는 거야.

뱀장어잡이

태전교라고 있었어.

대구 시내 북쪽으로 나가는 길목. 길이 안동과 김천으로 갈라지는 입구에 태전교라는 다리가 하나 떡하니 버티고 있었어.

그 아래 뱀장어들이 숨어 있는 굴 있다는 것을 요즘 사람들은 모르지.

옛날에 동네 사람 몇 명, 그 굴에 눈독 들이고 있었어. 그들은 장마가 들기만 기다렸지. 삽자루 하나 문지방에 떡하니 걸어 놓고, 태전교 다리 아래 보가 넘치기만 기다리는 거야.

"우루룽 꿍" 하고 천둥이 치면 달려가는 거야.

태전교 보 도랑으로 미친 듯 달려가. 뱀장어와 달리기 시합이라도 하겠다는 듯 삽자루 들고 뛰어가는 거야.

때를 잘 맞춰야 해.

물이 겁나게 불어나거든.

삽시간에 보를 넘어서 일대 장관을 이루어.

문제는 그것이 불과 여름에 보리밥 비벼 먹고 담배 한

대 피울 시간 정도밖에 안 된다는 거야. 그때를 놓치면 보 위로 흘러넘치는 물살이 진노해서 뱀장어 잡는 사람을 "휘익" 하고 낚아채서 불어난 물속으로 끌고 들어가버려.

그럼 뱀장어 대신 사람이 잡히는 것이지. 그렇게 안 잡히려면 재빨리 뛰어가야 하는 거야.

보 날망에 흙탕 끓인 물살 넘치기 시작하면, 금호강에서 올라와 태전교 부근 동굴 속에 숨어 있던 놈들이, 보를 타고 자기 아버지가 살던 고향 찾아가기 위해 고개 빳빳이 쳐들고 지느러미 미친 듯 움직이며 물을 타고 올라가는 거야.

뱀장어 사냥꾼은 그때를 노리는 거야. 뱀장어 머리가 물살 가르며 보 타고 오를 때, 두 다리 물속에 버티고 있다 그놈들 보이면 사정없이 삽자루 칼처럼 휘두르는 것이지.

"덜컹" 하고 삽날이 뱀장어 머리에 꽂히면 끝이야.

"벌러덩" 하고 뱀장어가 기절해서 물살에 뻗어버리면 재빨리 주워서 옆구리에 찬, 대주머니에 넣어버리지. 여기저기 그런 삽질 하는 소리 공기 가르고, "첨부덩, 첨부덩"

뱀장어들 넘어지면 먹장구름 데리고 있던 하늘이 진노하는 것이지.

천둥과 함께 빗방울이 주먹만 해지고, 삽시간에 온 보 위로 물줄기가 넘실거리게 되는 것이지. 그때 재빨리 도망 나와야 해. 미련하게 뱀장어 더 잡겠다고 욕심 부리다가는 보 넘어 쏟아지는 물살에 휩쓸려 장어들의 밥이 되지.

그렇게 잡는 거야. 뱀장어는 하늘이 더 크게 노하기 전, 재빨리 삽자루 숨기고 태전교 다리 위로 올라가 무서운 강물 범람하는 것 보며 숨 크게 내쉬는 거야.

남의 고향 길 막은 죄를 비로 흠뻑 맞으며 씻어내는 것이지. 그런 뱀장어잡이가 한때 이 땅에 있었어. 태전교. 대구 북쪽으로 가는 길목. 그곳에.

똥무덤

세상 살다 보면 별 희한한 일이 다 생기는 거야.

그중 어떤 것은 사람이 평생 살아도 경험하지 못할 이야기도 있는 것이지.

내가 겪은 일 중 하나가 그런 것이지.

나는 희한한 전설이 만들어지는 것을 본 것인데,

어이없게도 무덤을 만드는 일이었어.

'똥무덤'이라고 들어 보았는지 몰라. 산세 좋다는 지리산에 있었다는 그 무덤 전설이 만들어지는 것을 눈으로 보게 된 것이지.

그 무덤은 한 신혼 부부가 만들었다더군.

목련꽃 환하게 세상 밝히던 날 그 부부는 결혼을 했어. 신방을 차린 다음날 신혼여행 떠났는데, 맙소사. 신혼여행으로 자기 어머니 무덤 만들러 떠난 거야.

신혼 여행길이 장례길이 된 거야.

봄밤에 목련꽃 귀신처럼 하얗게 핀 지리산으로 떠난 것이지.

>

거기에는 목련꽃으로도 이야기하지 못할 사연이 있어.

피난민 아버지를 가진 신랑 어머니가 일찍 돌아가신거야. 아주 어릴 때 찢어지게 가난해서 산소도 쓰지 못해 화장을 했다는군. 엄마 얼굴도 기억하지 못하는 신랑은 결혼 전에 신부에게 제의를 한 거야.

"우리가 가정을 가지게 되면 울 엄마 묘소를 하나 만듭시다."

화장 해서 뼛가루 하나 없는 사람 묘를 어떻게 만드냐고?

가묘를 쓰면 되지.

그래서 그들 부부는 초례청에 닭을 올리고 한쪽에서는 가묘 만들기 위해 향나무로 쓴 위패를 만들었어. 위패에 죽은 사람 생시를 쓰고, 누구누구 신위라고 먹으로 글씨를 새겼어,

떡하니 새로운 사람 혼백 담긴 시신이 하나 생긴 거야.

결혼한 두 사람은 그 위패 들고 친척들과 신랑 아버지가

땅을 사 둔 지리산으로 들어갔는데,

거기서 사단이 생긴 거야.

신위 모시고 가묘 쓸 산 아래 마을 사람들이 길을 막고 나선 거야.

원래 그런 것이 있지.

외지 사람이 자기 동네에 상여 들고 오면 막아서는 풍습.

그럼 동네 옆으로 돌아가면서 그 마을에 길값을 내지.

그런데 이번에는 그것이 아니야.

가묘 쓸 아래에 묘 가진 사람이 막아선 거야. 자기 조상 묘 위에 남이 들어앉으면 산의 정기 빼앗긴다고 막아선 거야. 아침부터 난리가 난 것이지. 신혼여행 대신 어머니 장례 치르러 온 신랑 각시는 위패 들고 길에 서 있고, 같이 온 친척들 나서 협상하는데, 도대체 풀리지가 않는 거야.

그때 신랑의 아버지가 나섰어. 그리고 신랑에게 물어본 거야.

"너래 여기 와서 살 수 있네?"

말 안 되는 이야기지. 거기가 어디야. 지리산 천왕봉 보이는 마천 골짜기야. 서울에서 밥 벌어먹고 살아야 하는 신랑이 어떻게 거기서 살 수 있겠어. 살 수 없다고 하니까 신랑 아버지가 결정을 내렸어. 이렇게 말했다는군.

"그럼 여기서 너네 오마니 한 번 더 화장하자우. 우리래 억지로 가묘 만들고 떠나면 저놈의 새끼들 묘 파헤칠 것이구만. 그러면 너네 오마니 방법 없이 비 맞고 눈 맞는 귀신 되어 헤매야 하는구만.

너네 여기 안 살면 아무리 묘를 써도 그때마다 수난 당하는구만. 그러니끼니 한 번 더 화장하자우."

그래서 그 신혼 부부는 위패 들고 강가에 내려가서 다시 화장을 했어.

한 사람이 두 번 장례를 하고, 두 번 화장을 당한 것이지.

그렇게 화장하는데 비가 왔대. 무슨 운명인지. 신혼 부부 눈에 눈물이 흘러서 하늘 놀란 것인지. 좌우간 그랬다는군. 강가에서 비 맞으며 위패 다 태운 뒤 마누라 두 번

불길에 넣은 신랑 아버지가 전화를 걸었다는군.

어디냐고.

함양 똥차회사에 전화를 건 거야.

가묘 쓸 위치에다 커다란 웅덩이를 파고, 그곳에 가득 채울 똥을 구한 것이지.

산 날망이로 똥차가 오고,

포클레인이 오고, 소동이 벌어지는데

이번에는 그 아래 무덤 가진 사람들이 난리가 났어.

똥구덩이 아래 자기 조상 묻혀 있게 되었으니

가묘 쓸 땅을 산 사람들에게 손이 발 되도록 빌었지.

그러자 신랑 아버지가 말했다는군.

"보시라요. 저 똥차에 가득 들어 있는 것은 우리 아들내미 피눈물이구만요. 자기 조상 중한 줄 알면 남의 조상도 귀한 줄 알아야 하는구만."

그 뒤부터 지리산에 소문이 돌았어.

무덤 때문에 산 사람 눈에 피눈물 나면 '똥무덤' 생겨 산 아래 맥이 끊긴다고.

그 말이 참말인지 그 무덤이 있던 지리산 골짜기 아랫마을 사람들 모두 떠나, 텅 빈 마을 되고, 골짜기에는 수풀에 뒤덮인 무덤들만 하늘 받들고 있다는군.

살다 보면 별의별 일이 다 생기는 것이지. 남의 고향 떠돌면서 피난살이 하다 보면, 똥무덤 앞에서 죽은 엄마 다시 화장하며 울게 되는 일이 생기는 것이지.

그 신랑이 누구냐고.

누구인지는 알지만 나야 말 못 하지.

목련꽃 환하게 핀 봄, 지리산 강물 앞에 수없이 눈물 흘리며 향나무 위패 태우던 그 뜨거운 불길 지켜본 나는.

무향민無鄕民*

박영수 형님에게

술을 마신다. 왁자지껄
봄나물 잔치에 취해
담금주에 한세상 가두어 놓고
사람들이 떠드는 식당

육십 평생 처음 만난
실향민 아들 둘이, 지나가는 봄날을
창밖으로 내려다보며
이제 세상에 없는 사람 이야기한다.

황해도 해주 어머니와
평안도 정주 아버지가 피난 와서 만나
새 가정 꾸미며 태어난 사연과

경북 상주 어머니와
평안도 맹산 아버지가 나이 속여 만든
작은집 살림살이를
술잔에 넘치도록 부으며

가슴 속에 담겨진 속사정을 마신다.

"아바디 세대야
그래도 돌아갈 고향이라도 있었지
우리야 뭐이가? 갈 곳이 없어
그분들은 실향민이지만,
우리는 남쪽도 북쪽도 아닌 무향민이야."

낮은 목소리로
북쪽에 남겨져 있는 이복 식구들
생경한 소식 나누며
유민처럼 떠돌던 세월 함께 마신다.

"내려와서 새로 살림 낸
우리를 그 사람들이래 어떻게 보갔어.
통일되어서 그곳에 가서
살 수 있는 것도 아니지비 그러니
우리는 고향 없는 무향민이야."

>

목젖 깊이 눈물 왈칵 하고
숨 들이쉬고
우리는 말 없이 비어 있는
상대 술잔에
가슴에 고여 있는 신음 소리
쏟아붓는다.

사람들은 왁자지껄
옻나물 맛있다고 육회 무쳐 나온
그릇 밑바닥 긁고,
또 한 번 음식 사진 찍는다고
플래쉬 머리 위에서 터뜨렸지만

고향 없는 두 사람은
묵묵히 술잔 위에 가득 고여 있는
피눈물 들여다보다
단숨에 입 안으로 털어 넣었다.

\>

"어카갔어.
여기서라도 살아야지.
사람의 새끼들이래 모두 무향민이지
오마니 뱃속에 되돌아가는
깐나들 하나도 없구만."

죽기 전 그렇게
고향으로 돌아가고 싶어했던
실향민 아버지 둔
환갑 부근 넘나들이 하는 두 사람
단 한 번도 본 적 없는 원적지
들먹이며 세상 온갖 설움
노랗게 우려낸 술 붓는다.
무향민 그 오래된 술잔을 채운다.

* '무향민(無鄕民)'은 대전에서 태어나 의정부 거쳐 서울에서 식당을 하고
있는 동신면가 박영수 사장이 들려준 말이다.

제3부
붉은 동치미

금강산 가는 길

"죽더라도 만나야 한다."

아흔한 살
한 삶이 구급차에 실려
눈길 달려
군사분계선 넘는다.

살아서는
두 번 다시 넘을 수 없는 선
일평생 가슴에
금이 간 그 선을 넘어
걸음마다 새겨 넣었던 눈물 쏟으러
얼어붙은 산을 지나

울부짖는 겨울 바다를 데리고
휘청거리며
그의 걸음 붙잡는 죽음을 넘어서
핏줄의 용솟음 꿈틀거림

만나러 간다.

내 아버지가 그토록 기다렸다
끝끝내 가지 못해
거친 숨 거둘 때 눈꺼풀 무겁게
닫아 버렸던 길
죽더라도 넘어가서
만나야 할 사람 기다리고 있는 길

아흔한 살
구급차에 실려 군사분계선 넘는
노인의 앙상한 손잔등 따라
꿈틀거리던 올라가는 길 하나
오늘 또 만리 하늘 지나
내 가슴에 금 새긴다.

과자공장 방 씨

너는 누가 못 먹어 봤지. 분유가루와 밀가루를 섞어 만든 과자. 머리에 기계충 번진 아이들 입 속에 넣고, 오물거리면 배고픔과 서러움 모두 녹아버려 침 질질 흘리며 먹던 과자. 아무리 서로 싸우고 으르렁거리다가도 봉지에서 꺼내 나눠 주면 언제 그랬냐는 듯 까맣게 잊고 웃음 터뜨리며 서로 나누어 먹던 과자. 그 누가를 만들던 사람들이 있었어.

대구 원대동 시장 한 모퉁이 양철로 만든 집에서 온 식구들 아이들 입에서 단내가 나도록 달싹하게 그 과자를 만들어 세상에 풀어 내며 세월을 보내던 사람들이 있었어.

그 집에는 밤이면 온 식구들 모여 배우는 기술이 있었지. 다른 사람에게는 알려주지 않는 기술. 아버지와 엄마, 아들과 딸이 무릎 맞대고 그 기술을 주고받는 거야.

일 년 열두 달 봄여름가을겨울 손바닥에 올려 놓고, 서로 세월 빼앗아 오는 기술. 울긋불긋 계절 그려진 화투장으로 피난살이 하는 동안 지루한 기다림 나누어 가지는 거야.

그렇게 세월 나누는 패놀이 하다 그날 밥 짓는 사람 정해 밤참을 해 먹는 거야. 고향에서 밤국수 끓여 먹듯 국수 밀어 허기진 밤을 채우는 것이지.

그렇게 밤을 보내고 나면 누가 미는 손이 더 빨라지고, 길거리 아이들은 그 누가 손에 들고 침 질질 흘리며 돌아다니는 거야. 분유를 밀가루 반죽해 손으로 만들던 과자공장 방 씨.

아이들 몰래 한 보따리 누가 고향에 부치겠다고 창고 속에 숨겨 두었던 어른. 이제는 화투장으로 나누던 세월마저 귀찮아지셨는지 망향동산에 누워 아무 말 없으시다.

맹산孟山 할머니

　일본에서 왔다는 그 할머니는 키가 작았다. 상수리나무 열매같이 가르슴한 얼굴. 흰 저고리 감색 치마 입고, 머리에는 비녀 꽂고 있었다. 일본 오사카에서 왔다는 할머니. 일제 때 아버지와 보통학교 같이 다녔다는 그 할머니는 목소리도 작은 키만큼 나즈막한 소리를 냈다.

　할머니는 이틀 밤 우리 집에서 자고 또 다른 맹산 사람 찾아 청주로 떠났다. 그 이틀 동안 아버지는 유난스럽게 말수가 줄어들었다. 두 사람은 무슨 이야기를 하다가도 남들이 보면 말을 끊었다. 그리고 갑자기 큰소리로 어린 시절 고향 풍경 창문으로 흘렸다.

　그 할머니가 시외버스 터미널에서 청주 가는 버스 오르기 위해 걸음 옮기기 전 두 사람은 꼭 움켜쥐었던 손을 쉽게 풀지 못했다. 난리 전에 북쪽 한동네 살았던 두 사람. 마침내 움켜쥐었던 손이 풀리자 누가 먼저라 할 수 없는 물기 젖은 목소리가 들렸다.

>

"둑기 전에 꼭 고향에서 다시 보자우요."

여린 풀잎보다 더 가늘게 환갑 넘은 두 사람 목소리 차창에 부딪쳐 늙은 여치의 다리처럼 부서져 내렸다. 그날부터 아버지는 시간이 나면 팔뚝 옷소매 걷어붙인 채 북쪽 하늘 바라보며 긴 담배 연기 가슴 깊이 퍼올려 마른기침과 함께 콜록거리며 뿜어냈다. 남북공동성명이 나오고 처음으로 조총련 교포들 고국 방문했을 때 불쑥 찾아왔던 할머니. 키 작고 흰머리 듬성듬성한 매어 놓은 쪽진 머리에 옥색 비녀 찔러 넣고 왔던 할머니. 전쟁 때 피난 가서 만난 제주도 출신 남편 따라 일본으로 갔다 조총련에 속하는 바람에 시집 구경 처음 왔다던 할머니. 그 뒤에 단 한 번도 본 적이 없는 할머니. 철없는 우리 몰래 아버지 떠나온 땅에 남아 있는 이복형님 가족 사진 가지고 와 그곳에 잘살고 있다고 보여주고 떠났다던 할머니. 이제는 만나도 얼굴조차 기억할 수 없는 이름도 모르는 그 맹산 할머니. 오늘 문득 생각나 나도 북쪽으로 고개 한번 돌렸다 담배 연기 깊이 들이마신다.

붉은 동치미

　그날 아버지는 국수를 먹었다. 기억이 자꾸 끊어지는 치매에 시달리던 시간. 어쩌다 정신 들면, 소금 절은 붉은 갓짠지 동치미 국물에 풀어 놓은 국수를 찾았다.

　저녁 늦게 커다란 달이 화왕산 갈대밭 사이로 뜨고, 붉은 달빛 산등성 바위에 자기 이름 새길 무렵. 아버지는 붉은 갓물 든 동치미 국수 따라 끊어진 기억 속으로 들어가, 두 번 다시 세상으로 돌아오지 않았다.

　사람 발자국 끊긴 산꼭대기. 갈대밭 유난스럽게 바람에 울고, 바위에 새겨졌던 달빛의 지문 희미하게 지워지는 새벽. 나는 들었다. 아버지가 비워 놓은 이빨 빠진 국수 그릇 끝에 남아 있는 붉은 갓물에서 흘러나와 갈꽃 하얗게 흔들며, 동쪽 여명 끝에 묻어나던 아버지 오래된 속울음 소리를.

　평생 남의 땅 떠돌며, 가슴에 접어 두었던 사연들 망각의 구덩이 속으로 속절없이 흘러들어가는 소리 끊기 위해,

달깍거리는 틀니로 짤라내던 국숫발 따라 당신이 수없이 삼켰던 다짐을. 마지막 이승의 한 끼 짜디짠 붉은 갓 아린 맛으로 가슴에 새겨 넣고 싶어했던 오랜 회한을.

화왕산 커다란 바위 대접 안에 달빛으로 술렁이던 붉은 갈대잎으로 풀어내고도 차마 가슴에 깊이 고여, 마지막 들이마신 숨으로 꼭꼭 땅속으로 끌고 가신 그 숨소리의 엄청난 깊이를. 나는 지금도 붉은 갓물 든 동치미 국물 볼 때마다 산꼭대기에서 수없이 불러대었던 당신의 초혼 소리 듣는다.

금강휴게소 타령

　여기는 늘 떠나는 발자국들 닿는 곳인데, 가을은 벌써 얼굴에 붉은 잎사귀 달고 안개 옆 서성이다 강가 기웃거리고. 어쩔 수 없다는 듯 도시락 펼치기 시작한 햇살이 엉덩이 걸치는 계단에서 밤새도록 이슬을 짜던 거미줄 마침내 수백의 눈물로 낯선 사내 이마에 일기 쓰다, 황급히 얼굴을 감추어 버린다.

　그렇게 의심이 아침 나절 사람들 서성거리던 휴게소 유리창 밤새 불러 모았던 벌레들 울음을 털고 나면, 우리가 이고 가는 권태가 주머니 속에 넣어 두었던 친구들 전화번호 꺼내 하나씩 수화기 끝에 불러내는데, 나도 아니고 너도 아닌 사람들이 한꺼번에 버스에서 쏟아져 나와 황급히 빈자리 차지하고 앉아 세월 호명하는 번호에 고개 들더라.

　누구는 상행선으로 누구는 하행선으로, 멈추었던 바퀴 다시 굴리기 시작하고, 이제나 저제나 나를 불러 줄까 머뭇거리며 나무 계단을 올라서는데, 어쩔거나 갈 곳을 잃은

내 걸음은 안개 밟고 낯선 강 위 자꾸만 헛짚어 아침이 온
소리 듣지 못하더라.

　그런 날 감나무에 붉은 해 수천 개 반딧불처럼 매달려,
어릴 적 내 잃어버린 발걸음들 공중에서 반짝거리고. 철
딱서니 없는 꽃들은 알록달록한 치마 펼치고 바람에 따라
춤추는데 반 박자쯤 늦은 내 노래는 차마 고개 들지 못하
고 땅 위를 혼자 서성이더라.

회령댁

일 년에 한 번 아랫집에 모였다.
얼어붙은 두만강 건너
삼 년 만에 남쪽 땅 닿았다는 여자.
삼십 평생 살아온 이야기
눈 내리는 회령 땅에 묻어 두고
한겨울 맨발로
언 강물 밟고 왔다는 여인.

여름이면 옥수수 걷어낸 밭
따로 조선배추 심고
화장실 요강으로 조선 무 키워내서
김장 준비하던 그녀.
늦가을 아랫집 마당 가득
고향 사람 불러 모아 김장을 담았다.

일 년 내 찾아오는 사람 없던 마당
회령 사투리 흘러 넘치고
가슴에 배추 고갱이처럼 겹겹이 마음 묶어둔 사람들

마당에 솥 걸어 돼지고기 삶으며
상자째 가지고 온 명태 토막 내어
붉은 고춧가루 무채 버물려
서러운 타향살이 시벌건 속으로
절여진 조선배추 안에 채워 넣었다.

그리고 담 너머 남쪽 사람들
모르는 맨발로 걸어다닌 눈밭과
거적때기로 밤 지새웠던
만주 땅 헛간 이야기했다.
일 년에 단 한 번 다른 사람들 앞에
터놓지 못했던 남쪽 이야기
배추 가르듯 가슴 갈라 굵은 소금 뿌려서
땅속에 묻을 항아리 옆에 쌓아 올렸다.

일 년에 한 번 회령 땅 떠나
수없는 사연으로 떠돌다
겨우 남쪽에 닿은 사람들끼리

가슴에서 꺼내지 못해 시커멓게
눈물로 절여진 응어리
젓갈 하나 넣지 않은 명태김치로 담아
땅속 깊이 묻었다.

회령댁. 돌 지난 아이
얼어 붙은 땅속에 제대로 묻지 못하고 온 여인.
두 번 다시 두만강 건너
굶주림에 지친 몸 낯선 문간에 눕혀 놓고
한없이 피울음 속을 헤매던 살얼음 내린 삶을
한겨울 내 땅속에 묻어 두어야
힘든 남쪽살이 버티어 낼 수 있던 여인.
회령에서 만주 지나 삼 년 만에 남쪽으로 온 여인.

페이스북 통일

신 여사에게

평양에 비가 온다고 한다.
못 믿겠냐고?
차 유리창에 떨어지는 빗물 하나
윈도우 브러시로 쓰윽 하니 밀어낸 자국
손바닥에 올려 눈앞에 펼쳐 놓는다.
당신 살고 있는 서울에도
비가 오고 있는 것 알고 있다는 듯.

누구는 마음대로
휴전선 넘어 금기의 땅 제집 드나들듯 하는데
나는 우리 집 울타리 안에서도
함부로 발 들이지 못하는 곳이 있다.
국가보안법과 반공법의 그림자
어른거리는 혹독한 금기의 공간이 있다.

부질없는 나의 이런 분별심
조롱이라도 하려는지
이번에 안주 부근

모심기 하는 사진 쓰윽 내민다.
온 동네 여자들
치마폭 허리에 묶고 손으로 모를
땅 깊숙이 심는다.

뭐 이까짓 것들은
별거 아니라는 듯 휴전선처럼
논바닥 갈라 놓은 못자리 줄
한 손으로 옮겨 놓고
무슨 노래라도 부르는지
지나가는 구름이 물 위 기웃거리는 풍경
페이스북에 또 펼쳐 놓는다.

그 뒤편에 보이는 트랙터
굴러가는 소리와 노랫가락이
남쪽 모내기 소리와 다르다고
내가 투덜거리기라도 하면
그런 분별력이 무슨 걱정거리 되느냐고

꾸짖듯 빗방울 떨어지는
또 다른 휴전선 너머 풍경 펼친다.

며칠 뒤면 남북 구별 없이
벼들은 땅힘 받기 위해 고개 치켜들고
하늘 쳐다볼 것이고
그때쯤이면 나는 또 북쪽에다
물어볼 것이다.

이번 가을에는
서로 같이 송편이나 빚어
휴전선에서 나눠 먹을 생각 없냐고
벼이삭보다 못한 고집들로
쓸데없이 사람들 고생시키지 말라고
투덜거리면서 회령이나
덕천 돌아다닐 것 같은 그녀에게
새로운 제안 페이스북에 올릴 것이다.

평양에서 온 편지
김련희 모친를 위하여

너가 온다고
하늘도 이미 알고 있는 모양이다.

봄 같지 않게 자주 비 내리는 소리
밤새 아파트 창문 두드리더니
오늘은 길가
아카시아 향기로 장식한 냄새가
눈 먼 에미 마음 달래려
대동강 가득 퍼져 나간 것을 안다.

그래 지난 칠 년
너가 문 열고 들어오길
눈 빠지게 기다렸더니
이제는 정말 세상 모든 것이
보이지 않는구나.
낯선 남쪽 헤매는 너는
밤마다 펼쳐지는 이곳 모습에
눈멀지 않았느냐?

>

심봉사 얼어붙은 강 건너듯
허둥지둥 세상살이
눈 떠도 보이지 않는 세월 지나가면
공양미 삼백 섬보다 무거운 목숨
서해 바다 가르며 되돌아오고
아무리 철조망 가로막아도
내 뱃속에서 탯줄 타고 맥박 전해지듯
우리 둘 사이 주고받은 숱한 내력
그 어느 누가 지울 수 있겠느냐.

어미 눈멀었다 소식에 울지 말아라.
너가 지난 칠 년 동안
눈 감고 잠들어도 오마니 보였듯이
이제는 눈 없어도
너가 돌아오는 소리 저 빗방울에 묻어나고
활짝 피는 꽃향기에도 흘러드는 것
온몸으로 읽으며 기다린다.

\>

미련하기 그지없는 아전들
시끄럽게 떠들어대는 세상 풍경
잠시 눈앞에 닫아 두었다가 어느 날
너가 내 앞에서 오마니 하고 소리치면
심봉사 눈 떠서 세상 놀라는 것은
아무것도 아닌 일이
우리 둘 얼싸안은 어깨 위에 펼쳐질 것이니.
그때까지 남쪽에서 너가
애타다 몸 상할까 그것이 걱정이다.

부고^{訃告} 맹산인^{孟山人} 방성환 졸

국립의료원 본관 뒤편 영안실 101호. 사십 년 동안 혼자 살아오던 평화시장 닭집 막내가 누워 있다. 피난 온 지 한 갑자 지난 애비는 자식에게 고향 한번 구경시키지 못하고 잃어버렸다고 어두운 방 한쪽에서 등 돌려 누워버리고. 남은 삼남매 문상객 끊긴 장례식장 구석에서 꺼벙이처럼 술잔을 기울인다. 연고도 없는 피난지 한쪽에 또 무거운 돌 가슴에 세우며 우리는 언제 평화시장 난전에 휘날리는 피난살이 끝내고 덕천강 내려다보이는 선산에 묻힐 수 있는지 가슴 깊이 고이는 눈물 삼키며 죽음마저 피난살이로 떠돌아야 하는 막내의 영정에 향을 사른다. 평안남도 맹산 군 수정리. 이제는 부고조차 받을 사람 까마득해진 원적 지. 그곳에 분골로 찾아갈 평화시장 닭집 막내 위해 장례 식장 텅 빈 식당에 앉아 가슴 깊이 고인 실향의 술잔 기울 인다. 한 갑자가 넘는 슬픔을 마신다. 목까지 차올라 울먹 거리는 분노 눈물로 삼킨다.

우리는 하나다

그가 운다.
눈물 속으로
구십 년 세월이 굴러간다.

강원도 평창
손 흔들 때마다
펄럭이는 깃발이 칠십 년
참았던 함성 지르고

우리는 손잔등에 새겨진
핏줄 따라
가슴에서 심장이 말하는
소리 함께 듣는다.

우리는 하나다.
너희들 뭐라고 하든
여기는
우리 땅, 우리 하늘이다.

\>

그가 운다.
구십 년 동안 참고
참았던 말

얼어붙은 땅에 떨어뜨리며
오는 봄에 싹터 올
함성의 씨앗
우리 가슴에 심는다.
우리는 하나다.

눈물에는 남북이 없다

눈물에는 남과 북이 없다.
거기에는
군사 분계선도
녹슨 철조망도 보이지 않는다.

너희들이 마음대로 들여다 놓은
사드도, 평택 기지도 들어 올 틈이 없다.

백두에서 한라, 그리고 독도까지
어떤 산도
그 눈물이 흐르는 길을 막지 못한다.

누가 눈물에
정치 사상을 물들이고
누가 눈물에 좌우의 날개를 달아
흘러 내리게 하나

저 백설의 희디 흰 땅에

밤새워 내린
한울님의 커다란 눈물에는
남과 북이 없다.

분명 올 거야, 그날이

이동순 선배님에게

그렇게 될 거야.

그때에는

내가 사는 대전

중앙시장 생일식당 국밥집에서

서둘러 아침 먹고

북쪽으로 출발하는 열차 타고

평양 모란봉 극장쯤 가서

나를 기다리고 있던 친구와 만나

천천히 냉면 가락 편육과 함께 먹은 뒤에

또다시 출발을 하는 거야.

몽골 들판에 야생화가 피었다는데

그것 보러 간다고

신의주와 단둥을 거쳐 울란바토르까지

지난겨울 한탄강에서

검독수리가 물고 간 장단콩 커다란 씨앗

제대로 뿌리 내리고 있는지.

그 옛날 우리 할아버지들이 떠나 왔다는

알혼 섬 자작나무 숲까지
열차 타고 한번 다녀오겠다고
섬진강 강둑에서 매화 소식 듣고 출발한
원규와 함께 가 보는 것이지.

기껏해야 한 달포쯤이면 되지 않겠어.
흑룡강 물길이야 철둑 위로
지는 노을과 함께 들여다보면 되지 않겠어.
나이 들고 허리 구부러져
거친 숨소리 내는 말 잔등에 앉아
몽골 들판 달리는 센바람 냄새야 못 맡겠지만
고조선 때부터 구개음화로 다져진
함경도 사람들 낯선 사투리에 삐지기는 하겠어.
그러니 걱정하지 않고
북행 열차 타고 출발하는 것이지.

젊은 친구야 부산에서 시작한
유라시아 하이웨이 자동차로 달려가겠지만

늙은 우리는 열차 타고
울란바토르까지 중간 중간 쉬면서
봄나들이 가는 거야.
매화 보고, 진달래 보고, 살구꽃
지천으로 흐드러진 기찻길 따라가다 보면
소문이 들리겠지.

한 이백 년 동안
기찻길 따라 숱하게 밀려들었던
코쟁이, 쪽발이, 로스케
얼굴 시커먼 친구들 남의 땅에 와서
한바탕 분탕질하다
이상하게 배가 아파 등 돌려 앓는다고
까짓것 밤새워 끙끙거려도
우리가 신경 쓸 일 뭐가 있겠어.
그 소리에 매화가 꽃을 거두고
진달래가 붉게 물들지 않을 이유가 되겠어.
울란바토르 야생화들 콧방귀나 뀌겠어.

지들도 자랑할 것 얼마나 많은데.

그렇게 될 거야.
내가 그렇게 한 달 넘는 꽃구경 못 가면
아이에게 전해 주면 되겠지.
부산에서부터 울란바토르까지
봄꽃 구경 가면서 같은 말을 하는 사람 만나면
남 눈치 안 보고 사는 법 알게 된다고.
평생 한 번은 해볼 여행길이라고.
그놈이 나처럼 바빠서 못 가게 되면
지 자식이라도 한번 떠나보내야 한다고
넌즈시 알려주며 이야기할 거야.

오늘처럼 마당에
수북이 눈 하얗게 내리면
그곳으로 가는 열차 시간표
인터넷으로 검색하면서 늙은 애비가
못해 본 봄꽃놀이 꿈꾸어 보라고

그렇게 이야기할 날이 분명 올 거야.

이상한 인질극

무대가 조금 크지
조명도 낮과 밤이 달라
세트는 기가 막혀
모든 것이 실물 그대로야
음향도 실제 소리를 사용하지

평택에 이십만 명
군산에는 비행장 활주로도 있지
소성리 달마산 기슭은 지금도 난리지
총칼 미사일에 가끔
핵무장 능력이 있는 비행기
바다 건너에서 끌고 와 시위를 하지

서로 납치했다고 주장해
지난 칠십 년 동안 남북으로 나눠 놓고
한때는 피 터지게 싸워
애매한 사람들이 수백만이 죽고
수천만 이산가족이 생겨났지

>

그게 또 인질이 된 것이지
헤어진 가족 만나게 해 준다고
그렇게 되려면 우리 말 들어야 한다고
저 나쁜 놈들이 못 만나게 한다고

그러면서 부려 먹었지
천리마 타야 한다고 새벽별 보게 하고
반도체 만든다고
젊은 아이들 혈관에 백혈병 부어 넣었지
배고픔 없앤다고 노동을 쥐어짜고
아파트에 살 수 있다고
사람 목숨 굴뚝 위에 올려 세웠지

그럴 때마다 그들은 어슬렁거렸네
동두천에서 젊은 여자 치마 걷어 올리고
부산과 대구에서는 시레이션으로
아이들 홀려 꼬부랑말의 전사로 만들었네

\>

그러나 이제부터 너희들은 우리의 인질
대추리 울타리로 가두어 놓고
강정부두에 겨우 배 멀미 피할 수 있는
민간인 이십만 명이 포함된 인질

너희들 거짓말과 협박에 구역질로
숱한 밤과 아침마다
잠 뒤척인 이 땅 사람들이
두 눈 부릅뜨고 감시해야 할 불량군인

무대는 완벽하지
이 땅에 감금해 놓은 납치범들 감시하기 위해
제네바 협정보다
더 인도적인 수용소를 제공하지
너희들은 스스로 납치된 인질들

소성리에서 1

세계 최대 통곡의 벽이다.

경북 성주 소성리 마을회관
느티나무 아래
원불교, 기독교, 천주교 성전이
한곳에 모여 있다.

그곳 천막 아래 토요일 저녁
장이 서면, 나무 난로 불길 앞에
대종사, 하나님, 천주님이 모여
서로 안부를 묻는다.

온 동네 수도가 얼어붙는
매서운 동장군에
컨테이너 잠자리 춥지는 않았는지.
필요하면 담요와 이불
서로 가져가라고
삼십 평도 안 되는 마을회관 공터에서

십자가와 원불교, 성모 마리아가
걱정을 한다.

세계 최고의 고물딱지 치우기 위해
아침이면 밥상에 둘러앉아
밤 사이 비닐하우스 지나간 바람 소리.
온 산에 서 있는 나무들
꾸짖던 이야기 어떻게 번역해
세상 사람들에게 들려 주어야 하는지.
천막 회의를 한다.

하늘 가득
커다란 평화의 벽 둘러치고 성주 소성리
봄꽃들 나뭇가지에 매달려고
밤새도록 공중에 반짝이던 별들이
모여 앉아 있는 마을회관
원불교, 천주교, 기독교
성전들이 밤새워 불 환히 켜고

기도를 한다.

세계에서 가장 오래된 평화를
만들어 내는
새벽길을 만든다.

소성리에서 2

달포 뒤쯤 이사 올 거라고
미리 귀띔이 왔다.
성주 소성리 아우성치듯 펄럭이는 깃발들
네 모서리 실밥 터져
지난겨울 바람 얼마나 매서웠는지
다 알고 있다고

마을회관 엄나무에
매달아 놓았던 구호들도 눈발에 바래
이제 제대로 글씨 읽지 못한다고
동네 어르신들 주말이면
하늘로 올리는 소원도 지난 보름 소지로
미리 알아보았다고 했다.

그러면 뭐 하나
어젯밤 가리왕산 산신령이
드론 불빛으로 공중에 새겨 놓았던
평화, 사랑, 미래, 희망, 통일

오륜기보다 더 뜨거운 외침
비닐천막이 아무리 외쳐도 닿지 않는데

주말 장터 어린 후배는
묵묵히 식은 장작불 나무 쪼개 넣으며
겨우내 혼자 풀었다
다시 뜨는 털실로 벌써 수년째
입학생 하나 없는 분교
마지막 졸업생 선물 끝을 보지 못한다.

사람 모두 떠난 소성리
달마산 뒤에 커다란 레이더만 지키게 되면
또 누구에게 선물 주기 위해
마음의 털실 엮었다 풀어 주길 얼마나
되풀이해야 하는지

가늠조차 되지 않는 생각들
펄럭이는 깃발과 같이 울고 있는 겨울

마을 노인들 경노당에 앉아
화투장으로 떼어 보는 운수 끝에
까맣게 물든 손자국 본다

판문점 1

오늘 뜨는
해는
섭섭하겠지.

하루만 늦게 떠도
세상이 바뀌어 버린 것을
바라볼 수 있는데.
정오를 지나면서
마음대로 웃을 수도 없겠지.

저녁 만찬장 풍경은
구경도 못 하고
서둘러 어둠에게 물려주어야 하겠지.
그렇게 눈 빠지게
수천, 수만 일 사람들 기다리던
날들 발아래 펼쳐지는데.

차마 떨어지기 싫은

발걸음 멈출 수 없어 일몰의 노을
서쪽 하늘에 정신없이
풀어 놓겠지.

수백만, 수천만 탄식 소리
한꺼번에 거두어 가기 위해 산 위에
여명 여는 오늘 해는
하루 종일 커다란 눈으로
땅 위 지켜보겠지.

판문점 2

이번에는
삼천 명이 모인다 한다.
그 피비린내 진동했던 널문리
너희 둘 악수하고
환하게 웃는 것 지켜보기 위해.

공중파 세 개도 모자라
우주 인공위성까지 동원되어
지구촌 구석까지
피눈물 흘리다 눈 감으면서도
끝내 한숨 토하던 사람들
그들이 땅속까지 가슴에 안고 간 사연
술잔 높이 들어 마신다고 한다.

너희 둘이 만찬장에서
음악 소리에 맞춰 이야기하는 동안
나는 지켜볼 것이다.
지난 칠십 년 이 땅의 많은 사람들

눈 가리고 입 닫은 채
너희들이 우리에게 떠들었던 소리.

이념, 체제, 증오, 갈등
이 모든 것 어떤 단어로 미화시키고
우리를 지배하기 위해 퍼뜨렸던
숱한 구호들 무엇으로 포장하고
무슨 새로운 깃발로 몰아세우기 위해
어떤 근엄한 표정으로 우릴 바라다볼 것인지
두 눈 부릅뜨고 지켜볼 것이다.

너희를 거기에 서 있게 한 것은
우리의 힘.
지난 칠십 년 동안 너희들이 외친
대결, 비방, 공포로 선동시킨 거짓이 아니라
한겨울 거리로 나가
촛불로 시린 손 녹여 피워 올린 우리의 간절한 염원.

>

그 불꽃이 너희를 널문리
그 피투성이 나는 통곡의 울타리 안에
어떻게 가두어 놓게 했는지
우리는 보여 줄 것이다. 거기는 우리들의 땅
지상에 머물고 있는 삼천 명 눈과
우주를 날아가는 커다란 인공위성 안테나로
우리는 우리가 낳아 놓은 잔치를 지켜볼 것이다.

너희들은 우리의 종. 널문리 지붕 아래
우리가 펼쳐 놓은 무대 위에 춤추는 광대.
그곳에 너희를 세워 놓기 위해
우리는 수백만 죽음을 건너오고 수천만 한숨과 참화를
헤쳐 나왔다.

판문점 3

너희들
포옹 소식에
이곳에서도 밤새 잠 못 잤다.

그리 간단하게 만나
백두산 사진 아래 너희 둘이
이야기하면 될 것을.

그동안 얼마나
답답한 가슴 짓누르며
남의 집 담장 너머로 호시탐탐
강도짓, 헛소리
늘어놓은 것들 지켜보며 얼마나
속 뒤집어졌는지
말 안 해도 충분히 알고 있다.

지난 칠십 년
늘 그렇게 뒤집힌 속 달랜다고

잠 못 자던 사람들은
이곳에서도 마음 편치 않아
구천 떠돌면서
커다란 눈으로 지켜본다.

너희 둘이 그렇게 만나
남의 눈치 볼 것 없이 이야기하면 된다.
그것을 제대로 못 해
우리는 이렇게 죽어서도 걱정한다.
한 하늘, 같은 땅
같은 말에, 같은 핏줄, 같은 마음, 같은 꿈
너희끼리 나눠 가진 것을
어느 누가 갈라놓는다는 말인가.

신무기 열전

우리는 무기를 들고 있지
원자 폭탄도
전 세계 해안선 봉쇄하는
주장에도 눈 하나 깜박하지 않는
태평양도 아메리카도
어쩌지 못하는
거대하며 두려움 없는 무기.

이 세상 어떤 국가도
침범하고 조롱할 수 없는
두 글자로 된 가장 완벽한 무장.
평화와 미래, 희망이라는
봉오리 부풀어 올라 꽃잎을 열면
철조망과 베를린 장벽으로도
막을 수 없는
에베레스트 산맥보다 더 높은 파도를 가지고
우리 맥박 속으로 조용히 흐르고 있는
우리만의 무기가 있지.

>

너희들이 아무리 폭파시키고 싶어
우주로 인공위성 쏘아 올리고
바다 밑바닥에서 잠수함 잠망경 올려도
염탐할 수 없는 무기.
오천 년 동안 이 땅 사람들이
숱한 싸움의 언저리에서 깨달은 무기.

그래서 언젠가 불쑥 눈앞에
모습 펼쳐지면
어떻게 소리쳐 반겨야 할지 몰라
머뭇거리며 서성이는 무기.
전쟁과 공포, 갈등과 싸움, 이념과 계급이
숙주처럼 붙들고 매달려 있는 무기.
그 누구도 봉인된 결계를 풀기 두려워
지난 칠십 년 동안 서로 묶어 두었던
통일이라는 가장 강력한 무기.

>

미국도, 중국도, 소련도, 일본도, 우주도
범접할 수 없는 통일이 있지.
단 한 번도 너희들 눈앞 펼치지 않은
가장 위대한 무장을
우리는 언제나 가슴에 가지고 있지.

볼음도 은행나무

바다에도
오작교가 있다고 한다.

나무도 헤어지면
시름시름 앓는다고 잎사귀 떨어지고
하늘에 닿던 가지가 말라
밤마다 앓는 소리
바다 건너까지 들린다고 한다.

그렇게 바닷가
은행나무 하나가 앓으면
갯벌에 늘어선
철조망에 붉은 울음 걸리고
그 울음소리에
마음 상한 또 한 나무도
불임의 몸뚱아리 비틀어 들어가
서해 바다 전체가
푸른 멍 들어 덩달아 운다고 한다.

>

남과 북 갈라지면서
갈라진 수피마다 헤어져 살던
팔백 년 인연을
온몸으로 바닷가 사람들에게 알려주던
볼음도 은행나무

올해는 서로 생일상 주고받으며
노란 잎사귀마다
남북으로 헤어진 사람들 기도 소릴
마침내 하늘에 올려 보겠네.

나무도 헤어져 살면
안 된다 가르치셨으니
이제 헤어져 있는 사람들 하늘에서
만나게 하지 마시고
땅에도 오작교 서둘러 놓게 해서
수시로 서로 오가게 해달라고.

>

염주알 같은
수만 개 은행알 땅 위에 떨어뜨려
바람 불 때마다
사람들 마음 소리 서해 바다
가득 파도 너머 넘치게 하겠네.

무향민無鄕民이 그리는 평화의 지도

박일환 (시인)

만남, 그 뒤의 두려움

지난 8월 20일에 제21차 남북 이산가족 상봉 행사가 열렸다. 2015년 10월 이후 2년 10개월 만이라고 한다. 이날 행사는 1953년 정전협정 체결부터 따지면 65년이 흐른 끝에 성사됐다. 65년! 단순한 숫자 계산으로 넘기기에는 지나온 세월의 골짜기가 너무 깊고 아득하다. 최고령 참가자가 101세라고 하니, 사무치는 그리움을 가슴에 꾹꾹 눌러 담으며 건너왔을 그 시간 앞에 가만히 고개 숙일 도리밖에 없다.

바로 그날, 박기영 시인은 이번 시집에 들어 있는 다음 시를 페이스북에 올렸다.

"죽더라도 만나야 한다."

아흔한 살
한 삶이 구급차에 실려
눈길 달려
군사분계선 넘는다.

살아서는
두 번 다시 넘을 수 없는 선
일평생 가슴에
금이 간 그 선을 넘어
걸음마다 새겨 넣었던 눈물 쏟으러
얼어붙은 산을 지나

울부짖는 겨울 바다를 데리고
휘청거리며
그의 걸음 붙잡는 죽음을 넘어서
핏줄의 용솟음 꿈틀거림
만나러 간다.

내 아버지가 그토록 기다렸다

끝끝내 가지 못해

거친 숨 거둘 때 눈꺼풀 무겁게

닫아 버렸던 길

죽더라도 넘어가서

만나야 할 사람 기다리고 있는 길

아흔한 살

구급차에 실려 군사분계선 넘는

노인의 앙상한 손잔등 따라

꿈틀거리던 올라가는 길 하나

오늘 또 만리 하늘 지나

내 가슴에 금 새긴다.

—「금강산 가는 길」전문

    시에 나오는 할아버지는 2014년 2월에 실시한 이산가족 상봉 행사 때 구급차 안에서 가족을 만나고 나머지 일정을 채우지 못한 채 바로 돌아와야 했던 분이다. 그렇게라도 할아버지는 그리던 가족의 손을 잡아볼 수 있었지만, 평안남도 맹산을 고향으로 둔 시인의 아버지에게는 그런 기회조차 주어지지 않았다. 이번 이산가족 상봉 행사 신

청자들의 경쟁률이 569대 1이었고, 전체 실향민 수로 계산하면 약 8,000대 1이란다. 기약 없는 희망 고문에 시달리고 있을 수많은 이산가족을 생각하면 이번 행사를 마냥 기쁜 마음으로만 지켜볼 수 없게 한다.

박기영 시인은 시를 올린 다음 댓글로 "전 만남 뒤가 두려워요"라고 썼다. 실제로 아래 기사를 보면 박기영 시인이 왜 그런 말을 썼는지 이해할 수 있다.

20차례의 상봉 행사를 통해 2,000여 명의 이산가족이 헤어진 혈육을 만났지만 이후 재상봉은커녕 서신 왕래조차 허락되지 않았다. 1998년부터 현재까지 대한적십자사에 상봉 신청을 한 13만여 명 중 과반수는 사망했고, 대부분의 생존자 또한 70세 이상의 고령자다. 그들에게는 이제 시간이 얼마 없다.

—『국제신문』 2018. 8. 21.

박기영 시인이 가슴에 새긴 금을 따라가는 게 이 시집을 읽는 기본 독법이어야 한다. 하지만 결코 쉬운 독법이 될 수 없으리란 건 시작부터 자명하다. 핏물 배인 금들을 따라가다 "사람이 평생 살아도 경험하지 못할 이야기"(「똥무덤」)들 앞에서 발목이 걸려 넘어지기 일쑤인 탓이다.

고향, 있어도 없는 곳

박기영 시인에게 북쪽 고향은 있어도 없는 곳이다. 이런 형용모순의 삶을 아프게 그려 낸 것이 「원적지」 연작과 「무향민無鄕民」이다.

평안남도
맹산군 수정리 300번지

이제는 아무리 밤새워
편지 써도
이름 아는 사람 없어
편지 부치지도 못하는 주소지

북진한 국군에
목숨 붙이려고 엉겁결에
치안대 가담했던 아버지가
눈보라 속에 나타난 인민군 아들
총부리 피해
야밤에 홀로 떠나온 그곳

—「원적지 1」 1~3연

아버지가 남기고 간 원적지 주소인 '평안남도 맹산군 수정리 300번지'는 시인의 가슴에 화인火印으로 새겨져 지워지지 않는다. 전쟁은 한 번도 인간의 얼굴을 한 적이 없다. 한국전쟁 역시 마찬가지고, 시에 나오는 것처럼 아버지와 아들을 적으로 갈라놓기도 한다. 그런 비인간의 끔찍한 사연을 지니고 있는 곳이 시인의 원적지다. 벗어던질 수도 없고, 천형처럼 짊어지고 갈 수밖에 없는 그곳! "도로명 주소로 / 집 주소가 바뀐다는 소식에 / 덜컹 가슴 / 내려앉았던"(「원적지 3」), 그렇게 일상 속에서도 불쑥불쑥 튀어나와 목덜미를 움켜쥐는 악몽과 불안의 근거지! 그러나 어쩌겠는가. 가기는 가야 할 곳이다. "낯선 땅에 잠들어 있는"(「원적지 5」) 아버지의 유해를 다시 수습해서라도 언젠가는 찾아가야만 하는 곳이다. 찾아가 엎드려 곡哭이라도 하고 와야 할 곳이다.

"내려와서 새로 살림 낸
우리를 그 사람들이래 어떻게 보갔어.
통일되어서 그곳에 가서
살 수 있는 것도 아니지비 그러니
우리는 고향 없는 무향민이야."

(중략)

154

"어카갔어.

여기서라도 살아야지.

사람의 새끼들이래 모두 무향민이지

오마니 뱃속에 되돌아가는

깐나들 하나도 없구만."

죽기 전 그렇게

고향으로 돌아가고 싶어했던

실향민 아버지 둔

환갑 부근 넘나들이 하는 두 사람

단 한 번도 본 적 없는 원적지

들먹이며 세상 온갖 설움

노랗게 우려낸 술 붓는다.

무향민 그 오래된 술잔을 채운다.

―「무향민 ― 박영수 형님에게」 부분

이 시의 끝에 "'무향민無鄕民'은 대전에서 태어나 의정부
거쳐 서울에서 식당을 하고 있는 동신면가 박영수 사장이
들려준 말이다"라고 부기해 놓았다. 시인이 직접 만든 말
은 아니지만, 상대의 말에 고개 끄덕이며 술잔을 주고받는
풍경을 상상해 본다. 실향失鄕도 아니고 탈향脫鄕도 아닌
무향無鄕이라는 말을 만들어 써야 하는 이들의 심정을 짐

작해 본다. "사람의 새끼들이래 모두 무향민이지"라는 말로 애써 체념을 지우고 현실을 수긍하면서, 새로 터 잡은 곳에서 어떻게든 삶을 이어가려는 안간힘을 떠올려본다. 수구초심首丘初心이라는 말처럼 고향이란 누구나 마지막으로 돌아가기를 희구하는 곳으로, 최후의 의지처가 되어주어야 하는 곳이다. 하지만 그런 의지처조차 마음에 담을 수 없는 이들의 "세상 온갖 설움"을 누가 이해하고 풀어줄 것인가? 남북 당국은 이산가족을 자신들의 정치적인 이해관계에 따라 이용하기만 할 뿐이고, 그래서 시인은 '인질극'이라는 용어를 써가며(「이상한 인질극」) 남북 당국 모두를 질타한다.

동질감을 확인하고 위로를 주고받을 수 있는 건 결국 같은 처지에 있는 이들밖에 없다. "일본 오사카에서 왔다는 할머니. 일제 때 아버지와 보통학교 같이 다녔다는" 맹산 할머니가 찾아왔을 때 시인의 아버지가 "꼭 움켜쥐었던 손을 쉽게 풀지 못했"(「맹산 할머니」)던 것도 그런 까닭일 터이다. 그렇게 의지가지없는 이들이 구병산 기슭 서당골에 모여 손을 맞잡고, 김천에 있었다는 평화상회를 중심으로 서로의 삶을 나누었다. 「평화상회」 연작은 아름다우면서 슬프다. 요즘 말투로 줄여 말하면 '아·프다'. 서로에게 위로와 힘이 되어주며 찬연히 빛나던 그 '아·픔'도 이제는 전설이 되어버렸다. 평화를 나눠주고 팔던 평화상회도 없어지고, 평화상회에 드나들던 사람들도 다 흩어졌다. 그중에는 끝내 평화도, 고향도 찾지 못하고 돌아간 이들도 있다. 여기 실향민 2세가 적어 내려간 시만이 오롯이 남아 수난과 그 수난을 이겨내려 했던 이들의 역사를 증거한다.

이야기, 실감의 세계

「도강기」 연작은 시인의 아버지가 피난을 떠나올 수밖에 없었던 사연과 피난살이에서 겪은 일들을 극화劇化해서 보여주고 있다. 2부에 나오는 상당수의 시들도 마찬가지 형식을 취하고 있는데, 마치 단편소설을 읽는 듯한 짜임에 극적 구조까지 얹어 독자들을 실감의 세계로 이끈다. 실감의 세계란 상징과 비유 같은 수사학을 벗어던진 자리에서 탄생하기 마련이어서, 날것의 언어만으로도 아니 오히려 날것의 언어를 사용함으로써 생동성을 살려줄 수 있다. 특히 시인의 아버지가 평안도 사투리 그대로 들려주는 육성은 단순히 시의 질료로만 사용된 것이 아니라 시의 중심 뼈대를 틀어쥐는 역할을 한다. 여기서 우리는 표준어라고 일컫는, 일정한 테두리 안에 갇혀 박제화된 말들의 허약함에 대해 생각해 볼 기회를 갖기도 한다. 시집 안에 무시로 출몰하는 평안도 사투리는 그러므로 시의 내용을 길어 올리는 동시에 앞으로 밀고 나아가는 강력한 추동장치의 역할을 한다고 볼 수 있겠다. 전쟁과 피난이라는 상황에 맞닥뜨린 사람들에게는 어떻게든 살아남는 것이 가장절박한 명제이자 지상명령이다. 처절함과 비장함 없이는생존이라는 과제를 수행할 수 없으며, 이때 평안도 사내의억센 말투는 그런 난관에 맞서는 힘을 보여주기에 적합한언어다.

박기영 시인이 시 속에서 그려내는 실감의 세계는 너무도 생생하여 때로는 비현실적으로 느껴지기도 한다. 두엄속에 들어앉아 병을 고치는 이야기(「도강기3」)를 비롯해 텔레비전 속 〈세상에 이런 일이!〉 같은 프로그램에나 나올법한 진기한(?) 이야기들도 있다. 가령 은어잡이와 뱀장어잡이를 다룬 시편들이 그렇다. 이런 이야기들이 그냥 재미있거나 놀라운, 호기심을 자극하는 차원에 머무르고 말았다면 평범한 이야기시 혹은 풍물시에 머물고 말았을 것이다. 하지만 어떤 이야기를 하건 박기영 시인의 시 안에는 정처定處를 찾지 못하고 피난살이를 이어온 실향민의설움과 한이 실처럼 연결돼 있다.

은어그물 가득 주렁주렁 피난살이 제대로 못 한 은어들데리고(「은어그물」)

남의 고향 길 막은 죄를 비로 흠뻑 맞으며 씻어내는 것이지.(「뱀장어잡이」)

남의 고향 떠돌면서 피난살이 하다 보면, 똥무덤 앞에서 죽은 엄마 다시 화장하며 울게 되는 일이 생기는 것이지.(「똥무덤」)

박기영 시인이 풀어낸 이야기시 중에서도 피난민들의 설움이 가장 극적으로 묻어나오는 건 「단오제」다.

늙은 과부 머릿결도 반짝인다는 단오.
서걱이는 모래알 발목에 감기는 뜨거운 씨름판에 피난 온 한세상 단숨에 무너뜨리고. 돌아오는 추석에는 모두 고향으로 되돌아갈 수 있을 거라고 남의 허벅지 매어 놓은 샅바 이 악물고 후려치며 모래판 누볐네. 배지기 들창코로 타향살이 둘러메치고, 안다리 호미꺾기로 지랄 같은 본토배기 텃세 어깃장 눕혀, 밭다리 후리치기로 모래판에 처박았네.

— 「단오제」 3연

구병산 기슭 서당골에 모여 살던 피난민들이 단오를 맞아 "보은 장터 보청천 모래밭에서 열린 씨름판"에 나가서 활약을 펼치는 이야기를 다룬 작품이다. "평안도 가파른 산비탈 등짐 지고 오르내리던 에미나이들 억센 허벅지"의

힘으로 황소를 타서 모처럼 배불리 먹어보겠다는 꿈을 안고 나선 서당골 장정들. 하지만 "어디서 온지 모르는 외지 것들"이 "단오 씨름판 모두 꿰어찼다"며 텃세를 부리는 본토배기들에 의해 황소는 송아지로 변해 버리고, 다들 흩어져 버린 모래판에서 "마지막 남은 서당골 두 사내"만 서럽고 분한 울음 쏟아내야 했다.

차마 서러운 이야기를 풀어낸 끝에 시인은 다음과 같이 마무리 짓는다.

앞으로 수 갑자 지난 뒤, 마침내 그 씨름판 자갈밭 서성거리던 송아지 속리산 팔상전 동자승 사이에 되살아나, 휘어진 정이품송 가지 지나 우복동 전설 속으로 피난민 모두 데리고 배고픔 없는 세상 찾아 대천세계 되면, 창포물 가득 흘러가는 보청천 뚝방 아래 서글픈 단오 이야기 실어가는 강물들 한숨 소리 온 들판 가득 흘러넘칠 것이네.

—「단오제」 마지막 연

시로 풀어낼 이야깃거리와 사연이 많은 시인에게 축복받았다는 말을 하는 경우가 있다. 하지만 그런 식의 말은 되도록이면 조심해야 한다. 축복이 아니라 저주받은 운명일 수도 있다는 걸, 우리 모두가 지은 죄를 그들이 대신 지고 있다는 걸 미안하게 여겨야 한다. 그런 저주받은 운명을 감내하면서 이어온 삶을 되돌아보며 시인은 오래전 '평화상회'에서 맛보았던, 배고픔도 이별도 없이 두루 평등한 대천세계를 꿈꾼다.

판문점, 대천세계로 가는 관문

앞서 시인이 꿈꾼 대천세계는 과연 현실태의 옷을 입고 우리 앞에 나타나게 될 것인가? 판문점에서 남북 정상이 만나던 날, 누구라도 그런 희망을 품었음직하다. 박기영 시인 역시 그런 설렘을 숨기지 않는다. 3부에 배치된 「우리는 하나다」, 「분명 올 거야, 그날이」와 「판문점」 연작 같은 시편들은 그런 설렘과 소망의 소산이다. 이들 작품에서는 실감의 세계보다는 관념을 현실화시키려는, 즉 평화로운 미래를 끌어당기려는 조바심 같은 것도 읽힌다. 하지만 그런 조바심을 누가 탓할 수 있겠는가. 지금은 우리 모두의 열망을 끌어모아, 소망을 현실로 바꾸어낼 수 있도록 온 힘을 다해야 할 때다. 그래서 시인은 북쪽과 가까운 강화도 부속 섬인 볼음도의 은행나무 앞까지 찾아가 남북으로 헤어져 있는 사람들이 수시로 만날 수 있게 해달라고 기원한다.(「볼음도 은행나무」)

상상하지 않으면 미래는 결코 오지 않는다. 그런 마음으로 시인은 다음과 같은 꿈을 꾼다.

그렇게 될 거야.
그때에는
내가 사는 대전에서
중앙시장 생일식당 국밥집에서
서둘러 아침 먹고
북쪽으로 출발하는 열차 타고
평양 모란봉 극장쯤 가서
나를 기다리고 있던 친구와 만나
천천히 냉면 가락 편육과 함께 먹은 뒤에
또다시 출발을 하는 거야.

몽골 들판에 야생화가 피었다는데
그것 보러 간다고
신의주와 단둥을 거쳐 울란바토르까지
지난겨울 한탄강에서
검독수리가 물고 간 장단콩 커다란 씨앗
제대로 뿌리 내리고 있는지.
그 옛날 우리 할아버지들이 떠나 왔다는
알혼 섬 자작나무 숲까지
열차 타고 한번 다녀오겠다고

섬진강 강둑에서 매화 소식 듣고 출발한
원규와 함께 가 보는 것이지.
　　　　　　―「분명 올 거야, 그날이 ― 이동순 선배님에게」 1, 2연

　시인이 바라는 그날이 오면, 너도나도 그 열차에 동승하고 싶어하리라. 반쪽짜리 섬에 갇힌 상상력을 대륙으로 확장시켰을 때 어떤 일이 벌어질까? 평안도 사투리마저 낯설게 여기던, 그렇게 어쩔 수 없이 오그라들었던 우리의 감각도 활짝 열리게 되지 않겠는가.
　그런데 시인은 이 시를 왜 이동순 선배 시인에게 바치고 있는 걸까? 대구라는 공간을 함께 공유했던 기억이 있기 때문이기도 하겠지만 나는 다른 데서 이유를 찾고 싶다. 사냥꾼 출신으로 만주벌판을 누비며 일본군과 맞섰던 홍범도 장군의 삶을 다룬 장편서사시 『홍범도』를 썼다는 사실과 함께 일찍이 수몰민들의 아픔을 다룬 장시 「물의 노래」를 쓴 시인이기 때문일 거라는 짐작을 해본다. 안동댐을 건설하면서 고향마을에서 쫓겨나야 했던 수몰민의 삶! 그들의 삶이 실향민의 삶과 맞닿는 지점이 있으리란 건 자명한 사실이다. "그대 다시는 고향에 못 가리"라고 시작하는 「물의 노래」를 기억하는 독자들이 있다면, 박기영 시인이 그리고 있는 실향민 혹은 무향민의 아픔과 겹쳐 읽는 게 그리 어렵지 않을 것이다.

평화가 이 시대의 화두라고 할 때, 그게 단순히 철조망을 걷어내는 일로 국한되어서는 안 될 일이다. 또한 정권 담당자들에게 모든 걸 맡겨 놓고 기다리기만 해서 될 일도 아니다. 우선 지금 여기서 평화를 가로막고 있는 현실적 조건들을 쳐내는 일에 눈감지 말아야 한다. 그런 측면에서 박기영 시인의 발걸음이 사드 철회 투쟁을 하고 있는 성주 소성리로 향하고 있음을 눈여겨볼 필요가 있다. 향후 박기영 시인의 작업이 어디로 향하고, 어떻게 확장될 것인가 하는 고민의 일단을 엿볼 수도 있기 때문이다. 어느 인터뷰에서, 30년 동안 절필하다시피 했던 시를 다시 쓰게 된 계기가 세월호 참사였다고 한 얘기를 기억한다.

어설픈 글을 맺기 전에 "붉은 갓물 든 동치미 국수 따라 끊어진 기억 속으로 들어가, 두 번 다시 세상으로 돌아오지 않았다"(「붉은 동치미」)는 시인의 아버지를 생각하며 마음속 향불 피워올린다. 이 땅에 평화 찾아들거든 맹산 포수 시절 누볐던 낭림산맥 골짜기들을 찾아 마음껏 떠도시라. 상향尚饗!

시인의 말

어머니의 자궁으로
돌아가지 못하는 모든 인간은
무향민이다.
이 시집을 대구에서 내는 것은
그 도시에 내가 진 빚이 있기 때문이다.
출판사와 도움 준 분들에게
머리를 숙인다.

박기영 시집

무향민의 노래

초판 1쇄 발행 2018년 9월 10일

지은이 박기영
펴낸이 오은지
책임편집 변홍철
펴낸곳 도서출판 한티재 등록 2010년 4월 12일 제2010-000010호
주소 42087 대구시 수성구 달구벌대로 492길 15
전화 053-743-8368 팩스 053-743-8367
전자우편 hantibooks@gmail.com 블로그 www.hantibooks.com

ⓒ 박기영 2018
ISBN 978-89-97090-92-1 03810

이 도서의 국립중앙도서관 출판예정도서목록(CIP)은 서지정보유통지원시스템 홈페이
지(http://seoji.nl.go.kr)와 국가자료공동목록시스템(http://www.nl.go.kr/kolisnet)
에서 이용하실 수 있습니다. (CIP제어번호: CIP2018027461)